雪女

佳英旧
KEI EIJI

幻冬舎 MC

雪女

目次

第1章　人間じゃないの

「実は、私人間じゃないの」

「またまた。じゃあ桔梗さんは猫か。ごろごろ甘えるのが好きな……」

「あたしは、姿は人間だけど、ヴァンパイアとかの仲間だと考えてもらえば分かりやすいかな。日本の民話では、『雪女』だと思ってくれればいいと思う」

「それにしては優しいし、息だって、温かいでしょう」

彼女の家で夕飯をごちそうになって、最後にメロンを食べようとしているときだった。私は、冗談を言っているのかと思った。

「本当のことを話すから、きちんと聞いてくれる」

そう言うと桔梗さんは私の左手を取って、フウっと息を吹きかけた。

「いてっ」

思わず私は手を引っ込めて、顔をしかめた。息は相当に冷たかった。冷たいのを通り越して、痛く感じたのだ。私は息がかかった手の甲をさすった。彼女はもう一度私の手を取った。今度は何をされるのか不安だったが、なぜか抵抗できなかった。今度は冷たくなった部分をゆっくりと撫でてくれた。ほどなくその部分が温かく感じられ、元の手に戻った。

「私の全てを話すと相当時間がかかるから今日は簡単に話すわ。そして、私を嫌いにならなかったら、これから時間をかけて私を理解していってほしい」

私は、彼女が雪女だということを信じた。手の冷たさは催眠術などではなく、本当に彼女の息のせいだと思った。未知の人との出会いなのに、不思議と冷静でいられた。


彼女との出会いは、２か月ほど前のある朝のことだった。

私は、肩にかけていたゴルフのキャディーバッグを下ろすと、足腰のストレッチにかかった。体の各部位を動かしながら周りの客を見回した。今日は、知り合いはまだ誰も来ていなかった。五月晴れの朝、私はいつもより早めにゴルフの練習場に来た。土曜日の朝７時30分は、私の友達にとっては、相当に早い時間だ。30歳前後の世代は、この時間、昨日の酒の二日酔いでもがいているか、仕事に疲れて寝ているることだろう。

私はいつものようにウェッジから打ち始めた。まずは短い距離を打つクラブから始めて、だんだん長い距離を打つクラブへと進む。

やがて、7番アイアンを取り出すと、軽く素振りをして、ボールを打った。7番アイアンで軽く振って低めのボールで100ヤード打つのだ。多くのゴルファーは100ヤード打つときにはピッチングウェッジか52度のウェッジを使う。私はあえて低めのボールを打つために7番アイアンを使って練習している。ボールは、ほぼ狙い通り距離表示のボード近くに落ち、3、4回芝の上で跳ねて止まった。

そのとき、黒いスタンド式のキャディーバッグを肩から下げた女性がやって来た。アメリカの衣料品メーカーのロゴが格好よい。その大きさは男性用のクラブが入るほどだ。すんなりとした黒い髪を茶色のシュシュでまとめている。身長はおよそ167センチ。紺の半袖シャツに明るいグレーのタイトなパンツをはいている。こんな日の早朝、50代以上のおじさんばかりの練習場で、彼女はかなり目立った。空いている打席を探しながら、私の後ろの席にバッグを置いた。早朝の練習場は客が少ない。空いている打席を自由に選んで、打つことができる。

私は、彼女のことを気に留めないような素振りで7番アイアンを振った。私のボールは、ひときわ高い。口の悪い友達に言わせると、上に曲がっているのだそうだ。が、私自身は、きれいな飛球線を描いていると評価している。ボールは１５０ヤード付近に落ちた。後ろの女性の視線は感じていた。しかし、振り返って、よいボールを打つぞと言いたい気持ちを気取られまいと、打ち続けた。

そのとき、ペシッと変な音がした。自分のすぐ左側を飛んでいったボール。一瞬私の動きは止まったが、振り返りはしない。後ろの女性に気を使い、ゆっくり7番アイアンをキャディーバッグに入れた。６番アイアンをキャディーバッグから引き抜きながら私は、後ろの女性をこっそり見た。

ビシッという快音。今度の彼女のボールは朝の澄んだ空気を掻き分け１２０と書かれたボードの前に落ちた。そして、ほとんど転がることなく止まった。

私は、女性を見た。彼女もこちらを見た。微笑んだその人は知的な雰囲気で整った顔立ちだった。少し開いた口からは、歯が見えた。明眸皓歯《めいぼうこうし》の形容がぴったりの人だ。まだ、話してもいないけれど、きっと気の利いた人であろうと思った。

「グッドショット」

と言う代わりに、私は親指を立ててサインを送った。彼女は、チョコンとうなずくように挨拶を返してくれた。一体この女性のゴルフの腕前は如何ほどだろうか。シャンク（打ち損じてボールを右のほうに飛ばす）をして思わぬ方向へ打ったかと思えば、女性らしからぬ素晴らしいボールを打つ。持っているのはおそらくスチールシャフトの9番アイアンだ。「あのシャフトの硬さはレディース用ではないな、男性が使う標準のRか……。ヘッドスピードも速い！」私は自分のボールを打ちながら、後ろの打席のボールを打つ音に耳を澄ました。

やはりうまい。相当によい。自分よりうまいかもしれないと思うと、少しがっかりした。下手くそだったら、アドバイスするチャンスがあろう。しかし、自分よりうまい人に、アドバイスなどできない。かといって気安く自分のスウィングについて聞くわけにもいかない。話すきっかけのつかみにくい美女だなあと思った。

「いいボール打ちますね。すごくお上手なのですね」

後ろから、声をかけられた。初めて会った人に打ったボールを褒められるなどという、そんなことってありえないのにと思いながら、

「ありがとうございます。でも、まだまだですよ」

「そんなことないでしょう。すごいです。何が足りないのですか」

「ドライバーの飛距離と精度。それとロングアイアンのコントロールも、もっとよくしないと」

「今も十分お上手じゃあありませんか」

「ありがとうございます。でも、自分の周りにはすごく上手な人がたくさんいるのです。少しでもその人たちに近づきたいのですよ」

私がそう言うと、彼女は、微笑んで、それ以上話すことはないとでもいうように小さく2度うなずいた。キャディーバッグから長めのアイアンを取り出した。彼女のキャディーバッグは、一般的に有名なブランドとは違う。そのメーカーは、ちょっと洒落ている。黒く細身でスタンド式というデザインが、彼女にぴったりだと思った。

私は、『すごく上手な人』という言葉を使ってしまったことを悔やんだ。自分自身を上手だと思っているから『上手な人』に余計な形容詞を付けてしまったのだ。一体彼女は、私の言葉をどうとらえただろう。

彼女は、打つ方向に向かってボールの後ろに立ち、目標地点をアイアンで指した。それから打席に入り素振りを1回した。クラブフェイスをボールに合わせ、間をおかずにスウィングを始める。一つ一つの動作が、流れるようで見ていて心地よい。スウィングのリズムもよい。ボールを打った後にクラブが加速していって、高い位置でフィニッシュを迎える。

本当に女性のボールかと思うような打音だ。しかしそうは言っても、女性の打つボールだから、自分よりは距離が出ない。ヘッドスピードが自分のほうがあるのは確かだ。自分が5番で約180ヤード飛ぶのに対し、彼女は155ヤードほどだ。それでも5番アイアンを使うことができるというのは、すごいと思う。

これで、自分と同じに飛んで、正確に目標をとらえたらトーナメントプロだ。私はこんな人と、友達かそれ以上の関係になれたらいいと思った。

本当は、話しかけたいと思うのだけれどそうできないことがある。後ろの女性に馴れ馴れしい奴だとか、しつこそうな奴だとか思われたくはない。ただの女性の友達なら、気安く話す自分なのだ。これまでにも、ここの練習場で、男女に関係なくいろんな人と話をして、知り合いになった。しかし後ろの彼女はなんか特別だった。こんなこと考えていると、彼氏がいるかもしれない女性を好きになりかけている自分が危ないと思った。きっと、すごい美男子が、後から迎えに来たりして。失恋ではないけれど、がっかりする羽目に陥ったりすることを想像する。

その後、私は100球ほど打った。今日は、全てのボールに集中し、コースで打つのと同様に打った。ミスして思わぬ方向へ飛んでいっても、あたかもそこを狙ったかのようにフィニッシュを決め、ボールの行方を目で追った。この技術が、「練習場プロ」とニックネームをもらっている所以《ゆえん》である。

私は、クラブを片付け始めた。ピッチショット（短い距離を打つショット）の練習エリアに行くつもりだ。この練習場のよいところは、芝の上からピッチショットの練習ができる施設があることだ。多くのゴルファーは短い距離を寄せる練習や、パターの練習はあまりやらない。というか、やりたくても都会のゴルファーは練習場も狭いのでそんな練習ができない。しかし、田舎の人口27万人ほどの我が町には、その練習をする施設があるのだ。しかも利用料が2時間たったの３００円。練習場の社長が言うには、

「消費税分30円頂きたいのですが、半端だから切り捨てます。その代りクラブで掘った地面には芝が生えてきやすいように砂を撒いてください。よろしくお願いします」

ゴルファーの気持ちが分かる社長さんだ。

露天の練習場は、気持ちがいい。気になる人が後ろにいないから、さっきのように緊張せずに打つことができる。私は、20ヤードと30ヤードの距離を打つ練習を始めた。芝の上から打つ練習は効果的だ。マット上だと、ボールの手前にクラブが入っても、ボールはそこそこよい具合に飛んで目標のほうへ近づく。しかし、芝の上から打つと、芝を噛んだりして失敗する。自分のショットは思うようには飛ばない。失敗のショットを打つこともあるが、練習

は楽しい。幸い練習をしているのは私一人。打ちそこなっても平気なことで、幸せな気分を満喫できる。

「すみません。端のほうを使わせてくださいな」

さっきの彼女の声だ。声だけ聞くと、落ち着いた低めの声だ。私は、キンキンの高い声は苦手だ。かといって、好きになった人がそういう声の持ち主なら、それはそれで高い声を好きになって惚れ込んでいくのだろうけれど。

「どうぞ。でも、お隣で一緒にどうですか」

「いいえ、ご迷惑かけそうなので、端のほうで打たせてもらいます」

「一人で打っているよりも、楽しめますよ。どうぞ、こちらで打ってください」

「そうですか。じゃあ、遠慮なく」

「20ヤードと、30ヤードの練習をしていたのですけれど、いいですか」

自分のところにあったボールを半分、彼女のほうへ取り分けた。自分が打ち始めないと、彼女は打ちにくいだろうと思い、グリーンまで20ヤードの距離をピンに目掛けてボールを打った。ラッキーにも目標の近くに飛んでいき、4、50センチのところに止まった。彼女も打ち始めた。私の2番目のボールは、目標の2メートルも右のほうへそれて先へ跳ねて行った。そんなものだと思った。きちんと打てないのが自分のゴルフだ。それでいいと妥協し楽しんでいる。

ちなみにゴルフの世界ではゴルフが英国で発祥して米国で発展したため距離表示はヤード法が用いられている（1ヤード＝91・44メートル）。しかしながら日本ではヤード法を採用しながらグリーン上の距離については、ピンに近づくにつれて細かくなるため分かりやすいようにメートル法が使われている。

自分の後ろで打っている人はといえば、5メートル短いときもあるし、グリーンの先まで飛んでいくかと思うようなボールも打っている。ここへきて、私はやっと優越感を覚えることができた。見ると、彼女の打ち方は、ギャップウェッジ（ピッチングウェッジとサンドウェッジの中間のクラブ）でパターのような打ち方をしている。小手先で打つ分、飛距離がばらつく。

初心者には、易しい打ち方だが、体を軸にして回転し、手打ちを直すほうがよいと思った。初心者にありがちな打ち方だが、さきほどのアイアンからは考えられないな……。体を軸として回転で打つほうがよいと思いながら見ていた。すると彼女から話しかけてきた。

「芝の上から打つのは、難しいですね」

「マットの上から打つよりミスがはっきり表れますよね」

「アプローチ上手ですよね。コツってありますか」

彼女から矢継ぎ早に質問がきた。

「私もそんなにうまくはないのですが。あの……、一つ余計なこと言うようですが、もう少し、体の回転を意識して打ってみたらどうでしょうか。両肘をもっと体に近いところに置いといて、脇を締めるような意識で上体を回転させるようにして打つのです」

「体の回転、ですか」

ここからは、得意の講義に入った。私は高校の教員で教えるのが仕事だから、説明はうまいと思う。しかも、短い言葉で的確に表現できる。

そこいらのゴルフおじさんは教えようとして話だけが長く、ボールを打たせないことがある。いわゆる教え魔だ。教わる方は、そんな人をすごく上手だと思っているから、健気にも話を聞いている。それで、分かったか、できるかと言ったら、できない。なぜなら、アドバイスが抽象的で、何をどう直せばいいか分からないからだ。つまり、悪いところの指摘だけで、改善の方策はないということだ。

「あの、こんな風に手を使う動きに加えて、体も捻じって戻すようにすると、飛距離が安定しますよ。飛距離はテイクバックの大きさで打ち分けるんです。打ってみて」

彼女は、アイアンショットと同じように、1度素振りをして、打った。やはり、一連の動きがつながっていて、澱みがない。ボールは、目標のほうへ真っ直ぐに飛んでいって止まった。

「すごい。一発でよくなったね」

彼女は、続けて打った。3歳くらいの子供は、面白いと思ったら、何度でもそのことを繰り返す。そのときの笑顔はとても清々しい。彼女の練習から、子供の繰り返しを思い浮かべた私は、その人の、初めて見たときの美しさに加えて可愛い一面を見たような気がした。ボールに集中して真剣に打つ顔としぐさに、見とれてしまった。透き通る白い肌で鼻筋が通っている。そして運動神経抜群だ。こんな人が自分と同じ芝の上で時間を共有している。私は深い満足感と不安と焦燥感を覚えた。

こんな素晴らしい人といられる満足感。いつかは誰かのもとに去っていくだろうという不安。そして、早く自分の恋人にしたいと思う焦りの気持ちだ。

「だいぶよくなりましたね。コツをつかむのが早いですよ」

「ありがとうございます」

きちんと礼をした。この女性、若い割に礼儀正しい。話す言葉もチャラついていない。

いいとこのお嬢さんか、昭和の時代からタイムマシーンでやって来た人に違いない。

「また今度一緒に練習させてくださいますか。上手な方と一緒にボールを打っているといろいろ勉強になります」

「はあ。僕でよかったらいつでも付き合いますよ」

その日は、40分くらい一緒にアプローチショットの練習をした。値段はたったの300円。

第2章　論語講義

　次の週ずっと、私は次に彼女が練習に来る日を聞かなかったことを悔やんだ。授業をしていても、先週の土曜日のことを思い出しては、幸せな気分になっている。

「……論語では、『学而第一』の冒頭に非常に含蓄のある言葉を持ってきています。含蓄があるというのは、あぶったスルメみたいなもので、噛むほどにいい味が出るということです」

　生徒が次々に話し出す。

「先生、いまどきスルメは食べないんじゃないですか」

「いや、マジ旨いっすよ」

「アタリメとか、エイヒレとかってヤバいっすよ」

「話がそれた。論語に戻ろう。ここでみんなに質問です。自分がすごく頑張って素晴らしい知識や能力を身に付けたのに、誰からも認められない。また、それなりの地位が与えられないとしたら、どう思うだろう」

「悔しいです」

「私、自分の能力をアピールします」

「どうやってアピールするの」

と、私は聞き返す。

「何かのオーディションを受けるとか。生徒会長に立候補しちゃうとか。お母さんに話すとか」

「立川さんの考えは積極的でいいな。ところで、孔子が生きていた時代は学問を修めた人は、皇帝から認められ、政府の高官として活躍したのです。高官というのは、位の高い役人ということです。今で言ったら総理大臣とかになったのだよ。地位と、それなりの報酬もあった。ところが、そんな世の中で、能力があり、高い徳を身に付けても出世できないとき、世の中を恨んだり、憤ることがないとしたら、立派なことだということです」

「先生、それって昔のことでしょう」

「今の社会に置き換えて、考えよう。君らが、道にテッッシュが落ちているのを見つけたとしよう。千円札が落ちていたら、拾うよな。でも、ティッシュだ。これをどういうわけか拾ってゴミ箱に捨てたとする」

「いいことじゃん。そういうことをきちんとする人いるよな」

「いるいる」

ここで、そういうまじめな人が馬鹿にされ、個人が悲しむような授業になってはいけない。私は、

「みんなだって、善い行いをするでしょう。そのとき、誰かが自分が善いことをしたのを見てくれて、褒めてくれたら素直にうれしいよね。でも、誰も善い行いを知らなかったら。平気でいられる？」

「悔しいね」

「ティッシュ拾った甲斐がないよね」

「面白くねえなあ」

「俺は、初めから拾わないと思うけど」

「君らの中には、習い事を頑張っている人いるよね。でも、その人たちは、習っていることを自慢するかな。また、習ったことの発表で自慢するかな。しないよね。孔子は、そんな態度を薦めているんだよ。自分を高めることを人が認めなくても平気でいられるって、すごいことなんだ」

生徒の一人が言った。

「好きな人ができたとか、善いことをやったとか、べらべら言う人はだめだね」

生徒に言われるまでもない。私があのゴルフ美人を好きになりかけているなどと、誰に言えるものか。漢文の時間だったが、つい彼女のことを考えてしまった。私は、小倉百人一首を思い出した。壬生忠見《みぶのただみ》、

「恋すてふわが名はまだき立ちにけり　人知れずこそ思ひそめしか」

「振られるまでの命ともがな」とも思った。

「振られるとも、命絶つよなわれにはあらねど」

1週間が早く過ぎてくれと祈った。

八百屋お七は火事の時に男に会ったというが、自分は休みの日に彼女に会えることを期待した。火事を待っていてはいけないけれど、私は休日を心待ちに過ごした。

第３章　回転寿司

次の土曜日も日曜日も、彼女は練習場に来なかった。やはり自分には縁のない人なのだとあきらめて、練習に集中しようとした。しかし、数球ボールを打つ度に周りを見渡して、彼女が来ていないかとチェックした。この頃、日に何度も考えてしまう。まだ一度会っただけなのに、私の心は、河原左大臣《かはらのさだいじん》の如くに「乱れそめにし」になってしまった。

２週間後の土曜日、やっと彼女に会えた。私が練習を終えて帰ろうとしたとき、ばったり会った。残念ながら、挨拶しただけのすれ違いになった。もう一度打席に引き返し、彼女と話そうかとも考えたけれども、車に乗り込むと、一度深くため息をついて練習場を後にした。

それから3日経った火曜日の夜だった。仕事帰りに練習場に寄った。4、50球打ったところで声をかけられた。

「今晩は」

思いがけなく彼女だった。私の後ろを通り、空いている打席に向かうところで、声をかけてくれた。私は、十年の知己にでも会ったかのように感じた。軽く会釈した。

「今晩は。珍しいですね。夜練習に来るなんて」

「日曜日に来るつもりだったのですが、用事ができてしまったのです。今日は仕事を切り上げて来てしまいました」

彼女がキャディーバッグを置いたのは私の席の3つ後ろだった。彼女がストレッチをしてボールを打ち始めるまでの間、私は一球一球とても緊張してボールを打った。

ちょうど7番アイアンで練習していた。普段から練習で使うクラブの順番は決まっている。まず、サンドウェッジ、次にギャップウェッジと短いアイアンから順に使っていく。今夜は、その後9番アイアン、7番アイアンと来た。幸い7番アイアンは私にとって打ちやすいクラブだ。高めのいいボールを打つことができていた。私は背中に彼女の視線を感じながらボールを打った。本当に彼女が、私を見ながらストレッチをしているかどうかは分からなかったが。

彼女が何球か打ったところに、年配の紳士が来た。

「お姉さん、いい球打つねえ。音がいいし飛んでるね」

「ありがとうございます」

後ろから、60代くらいのおじさんと、彼女との会話が聞こえてきた。あんな歳になっても、女の子に声をかけるおじさんがいるのだ。自分のクラブを左手に持ち、クラブに寄りかかりながら、彼女が打つのを、彼女の真後ろで見ていた。

彼女は、9番アイアンと思われるクラブで打っていた。力まず、打ち抜いたボールは120ヤードの表示板のほうに飛んでいった。練習初めに力まずに打っているのだろう。それにしても、『飛んでるね』とは、おかしな褒め言葉だ。120ヤードというのは、飛ばす距離ではなく、狙う距離だからだ。彼女は、決して飛ばそうとしているのではない。

彼女は、真後ろの男性を気にするでもなく、120ヤードの表示目掛けてボールを打った。その姿は、私も素敵だと思うのだから、彼が見とれるのも無理はない。しかしだ、開始早々、真後ろでじろじろ見られながらボールを打つのは辛かろう。

私は自分のクラブを5番アイアンに変えながら、彼女のほうを振り向いた。

「ビシュッ」というのが正しく音を表しているかどうか分からない。とにかくいい音を立てて彼女はボールを打っていた。

「ちょっと手打ちになったねえ。もっと体回してビュッと振り切ってごらん」

おじさんがアドバイスした。彼女は、にこりと微笑み、2度素振りをしてボールを打った。真っ直ぐ120ヤードの表示目掛けて飛んでいった。

練習場では、女性は目立つ。特に容姿端麗な女性には、みんな話しかけたい。その話しかけたいみんなの中で、一人か二人の勇気がある男性が、女性と話をするという栄光に浴する。まあ、ある程度のゴルフの技量がなければならないだろう。しかし、あんな打ち方で、技術の話やアドバイスをするのかと疑問を持つようなスウィングの男性でも、空元気があれば、平気で話しかけることができる。元気というよりは、厚顔無恥というほうがいいかも。と、話しかけるのに躊躇している自分が、話しかけた勇者に劣等感を抱きこんなことを思っているのだが。

今、彼女と話をしているおじさんは、いつもピッチングウェッジでフルショットする人だ。100ヤードを狙い、次に、ハイブリッド（ユーティリティー）で、140ヤードを打っている。あのおじさんは、人に、昔はボールがもっと飛んだだの、シングルだっただのと語っている。昔はどうあれ、あれで、人にアドバイスするとは、見上げた根性だ。彼女に話しかけられずにいる自分は、やっかみでアドバイスおじさんをけなしている。

私は、自分の練習に集中した。5番、4番アイアンと打って、ハイブリッドの22度を使った。続いてクリークを打った。ちょうど200ヤード方向を狙っているとき、例のおじさんが彼女の後ろを離れた。私は、勇気を奮い起こして彼女の打席にゆっくり歩いて行った。

「おじさんのアドバイス効果があった？」

「まあそれなりに」

微笑んで答える彼女の目元が、いつもより優しく感じられた。

「もっと早く私のところに来てほしかったのよ」

「え、なんで」

「……」

彼女はその質問に答えず、６番アイアンを取り出した。ビュッと風を切る音がした。ボールは、ややフェードしながら１５０ヤードの表示の手前に落ちた。６番アイアンは好きなクラブのように見えた。もしかして、彼女は人を悪く言わない人なのかもしれないと思った。アイアンをドライバーに持ち替えながら彼女は、私の顔を下から見上げるようにして言った。

「お腹がすきました」

もう8時近い。練習に夢中になっていて、腹がすいてきたのを忘れていた。自分を見ていた彼女の目を見て、私はまるで親しい友人にでも言うようについ言ってしまった。

「夕飯、一緒に食べに行きませんか」

言ってしまった後、悔やんだ。焦ったと感じた。まだ会ったのは、3回目だ。そのうちの1回は挨拶だけのすれ違い。見上げていた彼女は、すっと立ちながら、私の目を見た。その目は、やたらと澄んでいた。瞳は深く黒い。見開いた目が、やがて微笑んだ。

「行きましょうか。でもその前にドライバー打たせてくださいな」

「100球ぐらい打ちますか。待っていますよ」

冗談交じりに、多めに言った。

「いえ、200球打つ間待っていてくださいませんか」

「いいですよ。僕も200球くらいは打ちたいから」

冗談のつもりで話していたが、彼女は本当にこれから200球打つかと思われるようにショットを放ち始めた。10時になって夕飯はお預けかなと思った。これが彼女の断り方なら素晴らしい言い方だ。

しかし、そのあと5分くらい打ったところで、私の後ろにやって来て、椅子に両手をかけ、私が打つのを見ていた。ゴルフなんて、いつも人に見られてボールを打つスポーツだ。私は見られているからといって、気にするということはなかった。でも、今夜は違っていた。いつもより大切にボールを打った。よいボールを打ちたかった。コントロールされたボールを打ってもそうでなくても、彼女はじっと見ていた。

「上手な人の打つのを見ていると参考になるわ」

「そうですか。でも、僕は、そんなに上手じゃありませんよ」

「上手ですよ。ゆっくり振り上げて、インパクトの後もクラブのスピードが落ちないのですもの。フィニッシュが決まってかっこいいです」

褒められて、なんとなく恥ずかしくなった。憧れの女性に認めてもらって、これから夕飯を食べに行くのだ。そのあとのボールは、少し暴れた。それにしても、彼女の批評は、相当に玄人っぽい。

私は、クラブをキャディーバッグにしまいながら聞いた。手はクラブを片付けていたが、目は彼女の目を見ていた。

「何を食べに行きましょうか」

彼女は、首をちょっとかしげ、私を見ていた目をそらして、ゆっくり瞬きをした。

「回転寿司。どうですか。ほんとは、どこかの割烹といきたいところですが、車だから、お酒飲めないでしょう。今日は、食べるだけでどうですか」

私は、かなり満足して賛成した。なぜなら、次は、飲みに行ってもよいというニュアンスが彼女の言葉から感じられたからだ。しかも、洋食でもなく、イタリアンでもなく和食が好きな人に思えたこともうれしかった。自分と同じ好みだ。

回転寿司のお店で、自己紹介をした。彼女の名前は、深沢桔梗といった。私は、名前と職業が高校の教員であることなどを話した。

もちろん、次に練習場で会うことも約束した。

こうして、ゴルフ友という形で、交際が始まった。それからひと月くらいは、いつ終わりが来るか、びくびくした。近いうちに、彼女の恋人か何かが現れて、私は彼女のことを忘れなければならなくなるときが来ることを。

なぜなら、彼女は自分には、美しすぎる人だからだ。また、素敵な性格だからだ。しかも、ゴルフが上手だ。分不相応の相手を恋人に持つということは、友達に対しては、誇らしく、自分にとっては、この上なく幸せなものではある。しかし、いつも気を使い、自信のなさを悲しみ、別れが来ることに怯えてその女性と付き合っていくことになる。彼女の美しさに比べて、私は、美男子ではない。またゴルフが格別うまいわけでもない。自分のとりえと言ったらうそをつかないことぐらいだ。

そんな不安が少し薄れることが起こった。

知り合って、ふた月ほど経った頃だった。

その日は、私の前の打席で彼女は練習をしていた。そこへ、例の男性が、彼女に話しかけてきた。はじめは、ショットのよさを褒め、感激し、次に、改善すべきことを話す。今日は、スウィングのスピードを速くしろと言ってきた。ピュンとかビシッとか擬声語を使いアドバイスした。いや、アドバイスとは言えない。なぜなら、改善する具体的な方法は、言っていないからだ。要するに、ひとこと言いたいだけなのだ。彼女は、

「はーい。頑張りまーす」と言って、ボールを打った。おじさんは、

「うん、いいね。音がいいね」

でも今度のボールもさっき打ったボールも大した違いはなく、そこそこよいボールだ。

彼女は、おじさんのほうを振り向くと、

「どうもありがとうございます」

と言って、首をかしげた。おじさんは彼女と目が合うと、ブルッと震えて、背中を丸め、手をこすりながら自分の打席に帰っていった。

その姿を二人で見た。私が、彼女を見ると、彼女も私を見た。目を合わせ、言葉には出さ

なかったが、二人で微笑んだ。私は、嫌な爺さんだねと言いたかったが、彼女は、そんなことは言わないだろうし、思ってもいないだろう。ところが、彼女は小さい声で、

「やれやれ」

と言ったのだ。

練習中に、私は彼女を自分の入会しているゴルフクラブに誘った。

「西山《にしやま》ロイヤルカントリークラブなんだけど、近いうちに一緒にラウンドしませんか」

「聞いたことあります。きれいなゴルフ場なのでしょう。是非お願いします。連れて行ってください」

すぐにオーケーをもらい、自分のゴルフクラブを褒められ、こんなにうれしいことはなかった。二人の関係がいつだめになるかという不安が薄れ、まだ続くということが決まったように思えた。

第4章　ゴルフ

実は、私はどんな遊びにおいても、人間を観察することが好きだ。というか、いつもどんな人間か見ながら、話したり遊んだりしている。ゴルフ場でも、一緒にプレーする人のことを評価してしまう。相手がそれを知ったら、嫌がるだろう。しかし、多かれ少なかれ、誰しもそうしていると思う。

初めて彼女とラウンドする頃は、「桔梗さん」と名前で呼ぶようになっていた。当然というか、残念というか、「さん」を付けないで呼ぶところまではいっていない。彼女は、私を「太田さん」と呼んだ。ファーストネームの「弘明」では呼ばない。互いに年齢は言っていなかったので、私を年上と思っているのか、敬意を表しているのかは分からなかった。いずれは、「弘明」とか、「ヒロチャン」と呼ばれたい。今のところそれが願望。敬称をつけて呼ぶあたりに、彼女のきちんとした一面がみられると思っている。

その日は、彼女を、車で迎えに行った。彼女は、自分のマンションから１００メートルほど離れた交差点まで出てきていた。彼女のマンションは、大きい通りから少し入ったところにあった。

車で彼女のほうへ近づくと、手を振って微笑んだ。紺色のパンツに小さな花柄のシャツとその上に真っ白な薄手のパーカーを着ていた。彼女の顔立ちは、可愛いというよりは美しい大人という感じなので、ひらひらの可愛い服やスカートは似合わないような気がしていた。今日の服装は、私の目から見てパーフェクトだ。

「迎えに来てくださって、ありがとうございます」

車に乗り込むとき目が合ったが、眉と目が、前髪に少し隠れていた。清々しく際立つ彼女の美しさは自分のような平凡な男には、不相応かと思えた。

「車に乗せていただいてうれしいです」

「もう少し高級な車だといいのだけど。我慢してください」

私の車は、１２００ccの国産の乗用車だ。こんなことが起こるなら、奮発して中古のドイツ車とか、高級な日本車を買っておけばよかった。

「そんなことありませんよ。こうして迎えに来てくださって、とてもありがたいわ」

私は、彼女のキャディーバッグを車に積んであげた。女性が持つとは思えないほどずっしりと感じた。彼女のほうを向いて何か気の利いたひと言を言いたかったが、何も思い浮かばず、お礼の言葉にちょっとうなずくだけだった。彼女のひと言は、とてもありがたかった。

そういう彼女の車は、ドイツの車だ。車の性能も値段も素晴らしい。

20分ほど走っていくと、２車線の道路になった。左側車線を気持ちよく走っていると、大きなワンボックスカーが右側車線からこちらの車線に急に割り込んできた。すれすれに私の車の右から黒い大きな影が来たのに驚くと同時に、私は、ブレーキをかけた。

どうやら、追い越し車線の遅い車を抜かすために、こちらの車線に進路を変更したのだ。その車は、また急に先を走る車の前に割り込み、スピードを上げ我々の車から遠ざかっていった。

しかし、私たちの車は、すぐにさっきの無謀運転の車を追い越した。なぜか、路側帯に止まっていたのだ。あんなところに止まっていたら危ないけど、大きい車だから、近づいてくる車の運転者は、気付いて避けることは容易だろう。

横のノロノロ車も私たちの車も、止まった車の横を通り抜けた。桔梗さんもその車のほうを振り返りながら見ていたが、その顔が微笑んでいるように思えた。あんな無謀な運転をするからだと思えたが、ざまを見ろと言いたかった。

「自業自得かな」

　桔梗さんが言った。

「でも、事故に巻き込まれなくて、よかったよ」

「そうよね。でも、距離があったし。私ね、悪いことした人が、報いを受けることってあっていいと思うのよ。さっきの車の運転手はまるで道路が自分一人のものであるかのような運転をしていましたよね。あんな危険な運転をして周りの運転者に怖い思いをさせて許せませんよ。厳しい言い方だけど。日本じゃ、悪いことしても、半分も報いを受けないことが多いと思うの」

「例えば、どんなこと」

「例えば殺人。何の罪もなく殺された人に対して、殺人者の報いなんて、軽いものだと思わない。それから、ＤＶの被害者の苦痛に対して、加害者の受ける罰。たいてい力の強い男性が女性に対して暴力を振るうけれど、肉体の痛みと精神的苦痛に比べたら、加害者への罰なんて屁みたいなものよ」

　言っていることは辛らつだ。しかし、桔梗さんは冷静に話す。

「私ね、悪意があって人が嫌がることをしたら、相応の報いがあっていいと思う」

美しさとは裏腹に、桔梗さんの論は過激だと思う。その発言が、かなり冷静な言い方なので、説得力がある。私は、反論はしなかった。これからの楽しいゴルフの前に、何も論争することはないのだから。そして、私も桔梗さんの言い分には共感できたから。『屁みたい』とはこの人が使う言葉としては面白い。

間もなくゴルフ場に着いた。

車をクラブハウス前につけると、ゴルフ場の女性と男性がトランクからキャディーバッグを取り出した。私が、車から降りて、バッグを取ろうとすると、桔梗さんは、車から降りた。従業員二人に朝の挨拶をすると、私たちのバッグを、車から運び出した。

「バッグ運んどくね」

と言うと、クラブハウスに入っていった。

その日は、私たち二人と、クラブの会員の木下さんと梅原さんの四人でラウンドした。私は、二人とも月例の競技会で何度か一緒に回っていてよく知った仲だった。

木下さんは、優しい人だ。

「深沢さんとは、初めてですよね。よろしくお願いします」

と挨拶した。一方梅原さんは、

「太田さん、今日は彼女と一緒で力が入るね。深沢さん、楽しくラウンドしようね。俺、下手だからボール探しも協力してちょうだいね」

相変わらず気さくだが、よく初対面の人と、ああも馴れ馴れしく話せるものだ。

私の自慢は、このクラブで、理事長杯という競技で一度優勝したことだ。クラブには3大競技というのがある。『クラブチャンピオン』『理事長杯』『シニアチャンピオン』といわれる競技会だ。私の名前は、クラブハウスの壁に、歴代チャンピオンに伍《ご》して掛けられている。

なんとか、桔梗さんがその名前を見つけ出してくれるとうれしいのだが。自分から案内して見てもらうのでは、品がない。木下さんか梅原さんが案内してくれると幸せなのだが、期待はできない。

スタートホールのティーイングエリアに立った。ティーイングエリアというのは18ホールそれぞれのプレーをスタートする場所のことだ。第一打は少し緊張する。緊張することも自分にとっては、楽しみの一つだ。今日は、梅原さんの希望で、みんな白のティーイングエリアから打つことになった。トータルの距離だと大体6200ヤードだ。普段は、6700ヤードくらいになる青のティーイングエリアを使うが、桔梗さんも一緒のところから打とうという梅原さんの提案が採用された（以後白のティーイングエリアを白ティ、青のティーイングエリアを青ティと記す）。

桔梗さんがゴルフカートからリモコンを取りながら私に言った。

「私、カートのリモコン持ちます」

「いや、ゲストに持たせては申し訳ないから僕が持ちますよ」

私がリモコンを持った。打順は、私、梅原さん、桔梗さん、木下さんとなった。私は、今朝桔梗さんを迎えに行く前に、早朝練習のできる練習場で、50球ほど打ってきた。準備はできている。

いよいよティーオフだ。1回素振りをして、第一打を打った。ボールはフェアウェイ左寄り240ヤードくらいのところに落ちていった。梅原さんは左のラフ、桔梗さんはフェアウェイやや右で220ヤードくらい飛んでいるようだ。最後の木下さんは、左に曲がるボールを打って隣のホールまで飛んでいった。

木下さんは、ティーショットで力一杯たたいて飛ばそうとする。私は、いつも第1打はリズムを考え、練習場でのスウィングを心がける。決して力まないようにしたいと思っている。それにしても桔梗さんは美しいフォームで打つ。フィニッシュまできちんとクラブを振り切り、ボールが地面に落ちるまで、振り切ったポーズを崩さないでボールの行方を見ていた。

カートに乗って進むと、桔梗さんが真っ先にカートを降りて、木下さんのボールを探し始めた。隣のホールのラフを歩き回っている。遅れて、3本のアイアンを手に、木下さんが探し始めた。私が木の間を探していると、桔梗さんが見つけた。

桔梗さんは自分のボールのところに行く前に、アイアン2本と、ユーティリティーと呼ばれるクラブを右手に、砂の入った袋を左手に持った。この砂はショットで削られた芝の跡にかぶせるためにある。削られた部分を適度な温度と水分が供給される状態にして、芝が発芽しやすくする。この作業を「目土《めつち》」をするといい、目土はたいていのゴルフコースに備えられている。

桔梗さんは、梅原さんが第2打を打つのを待っている間、芝の削られた部分を目土で埋めた。ショットにより削られた芝の塊をディボット（divot）、芝の削られた部分をディボット跡という。

桔梗さんは、さらに自分のショットの後も、少し掘られた芝の上に、目土をした。私が打とうとすると、動きを止めじっと見ている。

私は、第2打を少しダフッた（ボールの手前を打つことで、ボールの飛距離が出なくなる）ので、ボールはグリーン手前に落ちて止まった。第2打をグリーンに乗せた桔梗さんは木下さんと梅原さんに称賛された。

そのホールは、結局私と桔梗さんがパー、梅原さんボギー、木下さんダブルボギーだった。私は、グリーン近くから寄せてパーを拾ってなんとか面目が立った。

木下さんが、カート上で聞いた。

「深沢さんは、相当マナーに厳しい方に教わったようですね」

「目土するからですか」

「はい。それと、打った後、カートに戻るとき速いでしょう。素晴らしいことですよ。相当な腕前の紳士のプレーを見習ったのではないですか」

「そんなこともないのですけれど。褒めてくださって、ありがとうございます。実は、ゴルフの手ほどきをしてくださった方が、ゴルフ場に感謝してプレーしなさいってよく言っていたものですから。目土と、グリーン上でのボール跡の修復は心がけています」

私は、桔梗さんがうまく話をはぐらかしたと思った。過去のことや、ゴルフ歴は話したがらないのだと思った。私に対する気遣いか、初対面の人に対して警戒しているのか分からないけれど。

木下さんの言葉通り、桔梗さんのプレーはとても並みの女性とは思えなかった。

まず、ショットが素晴らしい。次にプレーがきびきびしていて速い。打つ前のルーティーンだが、1回素振りしてスタンスを決める。打つほうを見ると、すぐに打つ。プレーの遅いプレーヤーは、素振りの前に、ボールの後ろに立って、方向を確認する。そんな動作は、5秒で済むと思うが、打つほうをにらんで考え込んでしまう。素振りは、2回する。それで構えればいいが、もう一度ボールの後ろに回って方向を見る。やっと構えたと思うとクラブをふらつかせてワッグル（Waggle）を行う。ワッグルというのはスウィングを始める前にクラブのヘッドをゆらゆらっと揺らして打つきっかけを作る動作だ。そしてさらにじっとボールを見つめてどう打つかイメージする。1回のショットに人より30秒は長くかかる。

スコアが90として、1打当たり30秒人より多くかかると、2700秒、つまり45分長い時間を使うわけだ。仮に、15秒多くても20分以上時間を使っている。

遅いプレーヤーがだんだん誘われなくなる理由だ。私が一度一緒にプレーして面白かったのは、プレーの遅い人が、前の組のプレーが遅いと非難したことだ。こちらの組で遅いプレーヤーは一人。前の組には、二人いた。遅い人は、自分が遅いことに気付いていないのかもしれない。

9ホール終わって、クラブハウス内にあるレストランに行った。

桔梗さんが、テーブルに着くのが少し遅いと思ったら、シャツを着替えてきた。

私は、周りを見渡すと、ビールを注文した。教員は、ゴルフ場で、昼にアルコールを飲むことを自粛しなければならない。同業者がいるとチクられたりして面倒だ。見当たらなければ、1杯のグラスビールで幸せな気分になる。そのこともあり、私は教員とゴルフをするのを面倒に思い、機会が非常に少ない。桔梗さんもビールを頼んだ。木下さんもビール、梅原さんは、冷たい日本酒を飲んだ。

打ち解けてきたところで、いろいろな話が出たが、二人とも本当によい人で、彼女のことを詮索するような質問はしなかった。私はといえば、詮索するような質問をしたかったが、もちろんできるはずもなかった。

その日のスコアは、私は78、桔梗さんは84だった。負けなくてよかったが、自分のクラブのプレーで、5打しか違わないということは、慣れないゴルフ場でプレーしたら、負けることもありそうだ。

帰りの車で、そのことを言った。

「今日は、たまたまよかっただけよ。皆さん親切なので、気分よくプレーできたわ。車で送ってくれたり、いろいろ面倒を見てもらったり、助かりました。ありがとう」

「よかった。また、一緒にゴルフしよう」

「是非お願いします」

帰りの彼女の服装は、膝上のスカートに白のパーカーだった。話しながら彼女を見る。どうしても脚が目に入る。

「太田さん、そろそろヒロアキさんとかヒロさんって呼んでいいですか」

「そう呼んでくれたら、うれしいな」

桔梗さんは少し考えると
「じゃアキちゃん、今度ゴルフのお礼に、うちで夕飯ごちそうするわ」

「やった。得意料理はなあに」

「和食だったら、菜の花の辛し和え。洋食だったら、牡蠣のグラタン。中華だったら、えーと、カップラーメンかな」

「ラーメン以外は季節外れじゃないですか。それに、ラーメンって中華なの」

「中華よ。ラーメン一緒にすすりましょ」

あの華麗なショットを放つ桔梗さんが私とラーメンを食べるなんて、なんとも素敵な提案だ。

第５章　桔梗の秘密

７月のある土曜日。

私は、白ワインを買った。桔梗さんのリクエストがあったからだ。ついでに花も買おうかと思ったが、やめた。その日は、ワインを飲むということで、バスに乗って行った。バスの中に花束を持ち込むほど大胆にはなれない。

彼女のマンションに着いて部屋に入り、ワインを渡した。

「ありがとう。冷やして飲もうね」

その日初めて彼女の部屋に入った。何もない部屋だなあと思った。食事のためのテーブルと、椅子が４つ。キッチンには調理用品と冷蔵庫。壁に妙義山を描いた水彩画。何も余計な物がないから、さほど広くもない部屋が、広く感じる。

エアコンが効いていたが、彼女は、冷たいタオルを出してくれた。私は遠慮なく顔と手を拭いた。バス停から少し歩いたので、汗をかいていた。汗を拭いた面を内側に折って、タオルを彼女に返した。

「顔を拭いて、サッパリ。いい男になったね」

「ありがとう。気持ちいいね」

「じゃあ、始めましょう」

初めに杏子のお酒で乾杯した。つまみは、青梅の入ったゼリーだった。梅はやや甘かったが、ゼリーは何かのリキュールの香りがした。彼女が作ったのだという。次に、サラダが出た。そして、焼いて冷やしたナスに甘めの味噌とチーズを乗せた料理と、温かいサーモンの料理が出てきた。ナスはニンニクの香りが少しあっておいしかった。日本酒もあるといわれたが、ワインを飲むことにした。ややドライな白ワインは、和風の料理にも合うと自分では思う。サーモンは、オリーブオイルとハーブで焼いたようで、初めて食べた。ニジマスを使うことが多いが、スーパーになかったので、サーモンを使ったと言う。ブロッコリーとニンジンが添えられていた。

私は、今までに行ったゴルフ場のことや、教員としての仕事のことなどを話した。実家は50キロメートルほど西の田舎町で、今の高校に配属になり、5年たつことも話した。

桔梗さんは、ゴルフを始めたきっかけを教えてくれた。テレビでプロの試合を見て、広々とした場所でプレーすることに憧れ、練習場に行ったのだそうだ。はじめは職場でゴルフ好きの上司に教わったのだという。しかし、そのうちその人が柏市に転勤になり、彼女は、スクールに入った。40歳くらいのティーチングプロに教わるようになったが、体に触られるのが嫌で、私の行く練習場に通い始めたのだった。

「初めてゴルフを教えてくれた方を、スーちゃんって呼んでいたの。須賀さんという人だったのだけど、上手なのよ。ハンディキャップ８だったの。上司だったけど、仲良しだからゴルフのときはスーちゃんと呼んでいいと言われたの。彼は、私を桔梗って呼んでね、ラウンドしていてそう呼ばれると、一緒にプレーしている人は私をスーちゃんの愛人だと思うわけ。でも、スーちゃんは本当にいい人で、全然いやらしいとこなんかなかったわ。その人にマナーやプレーの心得を教わったの。彼が言うには、私を自分の子供のように思っているんだって。スーちゃんが転勤してからは、前の練習場のスクールで一緒だった人たちとコースへ行ったの」

こうして、話と食事は進み、デザートのメロンを食べようとしているときだった。テーブルの向かいに座った彼女がそっと手を伸ばし、私の手を握ってきた。じっと私の目を見ると言った。

「実は、私人間じゃないの」

「またまた。じゃあ桔梗さんは猫か。ごろごろ甘えるのが好きな……」

「私は、姿は人間なんだけど、ヴァンパイアとかの仲間だと考えてもらえば分かりやすいかな。人間ではあるけれどね、特別な能力を持った人間だと考えて。日本の民話では、『雪女』だと思ってくれればいいと思う」

「それにしては、優しいし、息だって、温かいでしょう」

「本当のことを話すから、きちんと聞いてくれる」

そう言うと桔梗さんは私の左手を取って、フウっと息を吹きかけた。

「いてっ」

思わず私は手を引っ込めて、顔をしかめた。

息は相当に冷たかった。冷たいのを通り越して、痛く感じたのだ。私は息がかかった手の甲をさすった。彼女はもう一度私の手を取った。今度は何をされるのか不安だったが、なぜか抵抗できなかった。今度は冷たくなった部分をゆっくりと撫でてくれた。ほどなくその部分が温かく感じられ、元の手に戻った。

「私の全てを話すと相当時間がかかるから、今日は簡単に話すわ。そして、私を嫌いになららなかったら、これから時間をかけて私を理解してほしい」

私は、彼女が雪女だということを信じた。手の冷たさは催眠術などではなく、本当に彼女の息のせいだと思った。未知の人との出会いだったが、私は意外と冷静でいられた。

「私は、あなたときちんとしたお付き合いがしたいの。結婚も考えたいと思っているのよ」

驚いた。私は、小さく息を吐き出しながら桔梗さんの目を覗き込んだ。こんなときは、何も言わず、話を聞くことがよいと思った。本音を言えば、目の前にいる女性から、こんなことを言われて驚くとともに、欣喜雀躍していた。

「こんな申し出をされて、驚いているでしょう。第一、お互いの年齢も知らない。普段の生活も育った環境もろくに知らないで、なんてことを言い出すのだと思うでしょう」

「いやあ、ちょっと驚いたけど、桔梗さんの言葉は、とってもうれしいですよ」

「そう、ありがとう。でも、ここから先が大変なのよ」

眉目秀麗で品性高潔。私にとっては、雲の上の人に思える女性が、自分と付き合ってくれる。何が大変だろうと、万難を排して希望に沿うようにする決意はある。と、そのときは思った。

「実は、この前ゴルフに行ったとき、車の事故があったでしょう。あれ、私が起こした事故なの。あの車の運転手が、あまりにも乱暴な運転をし、我が物顔に道を走っていたでしょう。私、あの車が故障するようにしたの」

「そんなことができるの」

「私、ある部分の空気の温度を冷やすことができるのよ。それも急激に、零下40度くらいに。それと雪を降らせることも。この前、あの車が、私たちの車の前に割り込んで、こっちが事故りそうになった後ね、あの車の電気系統を氷と低温で故障させたの。車は、エンジンが止まってしまったのよ。もちろん周りの車にとばっちりがいかないように考えたわよ」

「信じられない話だね。桔梗さんを疑って悪いけど、科学的に無理だと思うのだけど」

「そうね。人間の世界の常識じゃありえないことよね。でも、科学では解明できないことなんて、いくらでもあるでしょう。例えば、愛するっていう感情が生まれるときの脳のメカニズムなんて分からないでしょう。分からないけれど人を好きになるでしょう。そのとき、脳がどんな風になったかなんて考えないでしょう。分からなければ、事実をそのまま受け入れるのが、合理的だと私は思うのよ。つまり、私の能力について、科学的に説明するより、生活に生かすほうが、いいだろうということよ」

「そうなんだ」

　こんな風に論じられると、私は、すぐに言葉を返すことができなくなる。話されたことを一度頭で整理して、理解してからでないと考えが浮かんでこない。理論的に桔梗さんの話にコメントできない以上、私は、ある感情を抱き、黙っているしかなかった。

「桔梗さんの能力って、すごいですね。僕は、あなたが好きです。一緒にいられて、何か役に立てたらうれしい」

　桔梗さんは、ゆっくり私の手を握った。しなやかで長い指、白い肌。今度は、温かく優しい手だった。

第6章　オープンコンペ

私は、夕食を共にした夜から、彼女を「桔梗」と呼ぶようになった。互いに何と呼ぼうかという話になって、私は彼女を「桔梗」と呼び、彼女は、私を「アキさん」と呼ぶようになった。名前は弘明だが、長いので下のほうのアキからそうなった。

あの晩は、いや、会ったときから桔梗の魅力に取りつかれたといってよい。あの夜は、なぜか、思考力が低下し、彼女を好きだという感情しか感じられなかったと思う。そんなときは、後で冷静になったとき少し後悔するものだが、今の私は全く後悔などしていない。むしろこれから始まることへの興味と期待でいっぱいだった。

とにかく、彼女を知り、理解し私自身の将来を熟慮しなければならないと感じた。彼女が、ただの女性ではないのだから。もちろん彼女の能力と彼女に対する不安と畏怖はあった。しかし、少しの怖さも桔梗という人間の魅力に比べたら大したことはない。桔梗と付き合うということが一種の冒険のように思えた。

それから3週間ほどして、私たちは、一度は行きたいと思っていたゴルフコースのオープンコンペに参加した。そのゴルフコースは林間でアップダウンの多いコースだ。自分の所属クラブ以外で彼女と一緒にプレーするのは、初めてだった。

「コンペは何回か参加したの」

私は、所属しているクラブの月例の試合や、理事長杯などに参加していて、そのためにハンディキャップも取得している。

「内輪のコンペには参加したことがあるけど、知らない人と一緒のコンペは初めてよ。少し不安だわ」

「楽しんでプレーしよう。もし賞品がもらえたらラッキーだね」

そうは言ったものの、自分では、スコアが悪かったら恥ずかしいので、とりあえずきちんとしたプレーをしようと思った。いつも自分のクラブでの試合は、青ティを使うが今日は白ティだ。白は青より20から30ヤード手前だから、その分易しい。まあ、普通にプレーできれば、80前後でプレーできるだろう。桔梗にスコアで負けないように頑張ろう。

ところがである。プレーが始まると、前の組が遅いために待たされて、一向にプレーが進まない。前の組は、70代くらいの男性四人だった。例えば、一人がショットするとそれを他の三人が打つ人の近くで見ている。次に打った人のボールの行方を見定めてから、次の人がショットの前のルーティーンに入る。打ち終わったら、さっさとカートに乗り込めばいいのに、だらだら歩いてカートに戻ったり、ボールのところまで、とぼとぼ歩いていったり。さらに、カートに乗れば速いのに、クラブを杖代わりに突きながら自分の打ったボールのところまで歩いてゆく。それからカートに行って次に使うクラブを持ち、ボールのところまで戻るといった具合だ。

ルールブックに速やかなプレーを心がけるべきことが書いてある。しかし、もともとあの人たちは、ルールもろくに知らないでラウンドしているのだ。まして、マナーのよいプレーを求めることなど、できっこない。

一緒に私たちとラウンドしている人たちもあきれてため息をつくやら、腕組みをして見ているやらで、自分のショットに集中できなくなっている。

そんな中、桔梗だけは自分のペースを守り、そこそこのプレーをしていた。私はといえば、ディボット跡に目土をしながら待つ時間をつぶした。前半のプレーを終えて、桔梗は43、私は44という結果だった。今日のコンディションだったら、悪くても30台で回るべきところだが、まあ仕方ないだろう思った。

やがて、昼食になった。

私が桔梗に愚痴を言った。

「前が遅くて、困ったな。なんか調子くるっちゃうよ」

桔梗も眉をひそめながら、

「遅い人はいるけれど、前の組は、ひどすぎるわね。コースに一組だけでプレーしていると思っているんじゃないかしら」

やがて前の組の四人は、昼食が終わって席を立った。すると、何か四人でこそこそやっている。どうやら二人が、パンツの前の部分を濡らしてしまい、慌てているようだ。あの歳になると、困ったことだとも思ったが、私ははたと気が付いた。桔梗にそっと聞いた。

「ねえ、あの人たちがパンツ濡らしてるの、桔梗のいたずら」

「さあ、天罰じゃあないの。私は知らないわ」

まだ、局部を凍らせなかっただけよかったと思いながら、私たちも席を立った。

午後は、さらっと回れた。前の組は、用事があるということで、キャディーマスターが私たちの順番を変えてくれた。お陰でスイスイとプレーができた。午後のスコアは、桔梗が43、私は38だった。

少しは、気分よくオープンコンペが終われると思った。ところが、表彰式でとんでもないことが起こった。なんと、前の組からベストグロス賞を取った人が出た。しかも、四人とも、70台か80台前半のスコアだった。

成績が書かれた用紙では、前の組の四人が、素晴らしい成績を収めていた。一人が優勝、もう一人がベストグロス。

なんだって？

140ヤード・パー3のホールでは、一人もワンオンしなかった。寄せ切れず、パーも取れないでいたのに。パー4のホールでも、2打で乗らず、グリーン周りで行ったり来たりしていたあの人たちが、全員80前後で回ったというのか。何かインチキがあったはずだ、とは言っても、証拠はない。後ろから見ていて、そんなに上手な人たちでないことだけで、非難もできないかと思った。キャディーが付かないコンペでは、四人ともお友達という組でラウンドすれば、インチキをする人が出ることは仕方がないのかもしれない。主催者も、うすうす気付いていてはいても、賞品を渡すしかないのだろう。

帰りの車の中で、二人は今日のコンペの非難の気持ちで一つになった。でも、桔梗は、女子の部でのベストグロスと、5位の商品をもらったので、私ほどは怒っていなかった。あと、女子のドラコン賞も取ったのだ。怒っていないというより、ご機嫌だった。

「世の中そんなものでしょう。嫌だったら競技ゴルフの世界で頑張るしかないわよ」

「そうだね。でも、審判がいないスポーツだからといって、スコアのごまかしは最低でしょう。主催者も知り合い四人でプレーさせないようにすればいいのに」

「きっとバチが当たるわ。あの人たちを、神様が許すはずないもの」

「へえ。どこの神様がバチを当てるの」

「ゴルフの神様よ。もちろん」

それ以来私たちはオープンコンペには出ていない。

第7章　灯台のある公園

出会って6か月で、結婚の話になることが早いか遅いか分からないけれど、私たちに結婚の話が出た。

やっと涼しくなった11月のある土曜日、二人は、ゴルフとは無縁の場所にいた。そこは、海岸の高台にある灯台のある公園だった。崖に生えた篠に絡まったツタの葉が、色付いたり枯れ始めたりしていた。夏に白く輝いていた灯台の壁に、傾きかけた陽が当たっていた。白い壁が夕日に赤く染まるのは、いかにも秋の風情だ。

夏の躍動的な気分が少し落ち着いてきた。二人の関係も、次々に起こる初めての出来事が少なくなってきた。ゴルフで親密になって、ゴルフに支えられて築いてきた二人の関係には何か変化が必要だと思われた。

「つまり、これから一緒に時間を過ごしていくとして、私たちに、ゴルフ以外の何かがあったほうがいいと思うの」

桔梗の言うことはもっともだ。

「僕たちのよい関係をキープするのに、必要だよね。で、具体的にどうするの。何か考えがあるの」

「何かを作る。どこかへ旅行する。ゴルフ以外の趣味を持つ。一緒に英会話を勉強する。ボランティア活動。他に何かあるかなあ」

私は、今のように一緒にゴルフをすること、食事をすること、散歩やショッピングをすることで満足していた。だから趣味の相談も真剣に考えて提案してはいなかった。

「楽器の演奏を習う。囲碁か将棋を始める。料理を一緒にする。結婚するってどう」

少しだけ笑った目で、桔梗は私の目を覗き込んだ。とうとうそれを言ったねとでも言いたそうな目だった。私たちは海のほうを見ながら話していたが、時々目を合わせた。

「結婚はねえ、難しい問題よ。私があなたと結婚できないというのではないのよ。でも、その前に、あなたに納得してもらわなければならないことがあるの。そして、納得するということは簡単なことではないの。もっとも私たち、結婚を視野に入れて付き合っているのよね。それなのにこんなこと今更言うのはおかしいけれど。結婚を決める前に、あなたに知って理解してほしいことがまだいくつかあるのよ」

太平洋の夕暮れ時は、なかなか暗くならなかった。日は山陰に沈みかけている。海面は静かで、砂浜をくすぐるくらいの波が寄せては引いていた。灯台のある場所からも、それが見えるくらいに明るさが残っていた。二人は、公園のベンチに腰掛けて海を眺めた。桔梗の横顔をそっと覗くと、静かに波打ち際を見ていた。横顔は、後ろから光が当たっていたせいか少し青白く見えた。端正な眉と見慣れた目である。しかし、いつもとは違う、愁いを帯びた顔に見えた。私はそれ以上話すことをやめ、一緒に波の動きを眺めた。何回も波が寄せて返すのをじっと見ていた。

遭遇するいろいろな場面で、時間の流れが速く感じるときと、ゆっくりに感じられるときがある。そのときは、実にゆっくり流れているように思えた。

その瞬間が心地よかった。なぜなら、好きな人と公園を占領して、暮れていく時間を一緒に過ごしていられたからだ。

桔梗が、私のほうを向いて、微笑んだ。笑った顔の右半分に夕日が当たり、さっきの暗い顔に明るさが戻った。

「本当のこと言うとね、私不安なの。あなたと結婚したいのよ。子供もほしいの。そして、いられるだけ一緒にずうっと暮らしたいの。私は努力するけれど。あなたが私を受け入れてくれるかどうかが不安なのよ」

私は、彼女の肩に手を当て、話した。

「桔梗。僕との結婚を考えてくれて、ありがとう。とってもうれしいよ。君がどんな話をするか分からないけれど、君と結婚できたらすごく幸せだ」

「それは、話を聞いてから判断して。前に言ったように、私が普通の人間じゃないっていうこと本当なのよ。まずそれを受け入れてもらうこと。でも他に、もっと判断してもらわなければならないことがあるの」

あたりは薄暗くなっていた。桔梗の色白の肌がごく近くにあった。透けるような肌だ。今すぐその頬にキスしたかった。この人とずっと一緒にいたいと思った。桔梗は静かになった海のほうをじっと見つめていた。しばらく私たちは、かすかに聞こえる波の音を楽しみながら、海を見ていた。何もしないで一緒にいることだけで、こんなにも幸福だと思えたことなど今までになかった。目の前にいる人が、自分のことを思っていてくれるということに満足だった。

いつの間にか、二人でゴルフ以外の趣味を持とうという話はどこかへ行ってしまった。私たちは、帰りの車の中であまり話をしなかった。私は、この後、桔梗が一体何を話すのかと少し不安だった。桔梗も、今の時間を楽しんでいるというより、話そうとすることをまとめているようにも思えた。じっと前方を見ていた。桔梗が真剣に考えているというのに、私は深くは考えていなかった。

運転に忙しいこともあったが、ちらちら見る彼女は、これまでに会っていて見たことのないような真剣に考えている相貌だった。

私は、不安だった。女性がこんな風に考えるそぶりをするときは、二人に別れが近づいているときだ。女性は、どんな風に切り出そう、どんな風に男性を傷つけずに話をしたらいいのか考えているものだ。

私は、車をゆっくり走らせた。この時間がなるべく長く続くように。

第8章　結婚の条件

ゴルフのオープンコンペに参加し灯台のある公園で過ごした数日後、私は桔梗の部屋に行った。

桔梗の部屋は、初めて訪れたときとは少し変わっていた。例えば、二人で撮った写真が飾ってある。今どき写真は携帯電話に保存している。もちろん私たちも例外ではない。しかしプリントして飾ってあるのだから、よほど気に入っているのだろう。写真より、フォトフレームのほうが豪華だ。トイレには、私があげた小鳥の写真のカレンダーがある。あるゴルフ場から毎年送ってくれるのをあげたものだ。なぜトイレに飾るのかは知らないけれど、使ってくれている。また、妙義山の水彩画に代わって、雪国の小さな駅に泊まっているＳＬの写真があった。桔梗の故郷で観光用に走らせたときの写真だそうだ。

「あのね、私、明日警察に行くの。会社でちょっとしたことがあってね、事情を聴かれるのよ」

夕食をほぼ食べ終えた後で桔梗が言った。

「ちょっとしたことって、どんなこと」

「会社の営業部の今林係長が、被害届を出したのよ。私のせいで、障害を負ったというの」

「何かしたの」

「ええ。その人の局部を凍らせたの。実はその係長、セクハラがひどいの。私と仲良しの安田あけみちゃんね、下品なことを言われたり、余計な片付けをさせられたり、陰でありもしないデマを飛ばされたり、それは、ひどいのよ。私アケミちゃんからいろいろ相談されていたの」

「なんでまた、そんなにいじめられるようになったの」

「アケミちゃん、なかなかの美人でしょう。はじめのうちは、係長は親切で優しかったの。ところが、二人で食事をしようと誘われて、断ったら、何かにつけて意地悪やセクハラをするようになったの。急に書類の整理をさせて、係長と二人で残業したときも、しつっこく誘ってきたんだって。腰のあたりを触ったり、肩をたたいたり、彼にすれば、大したことではないかもしれないけれど、アケミちゃんにとっては、耐えられないことをされたのよ」

「誰か上司に相談できなかったの」

「私、アケミちゃんと二人で、岡山課長に話したのよ。そしたら、課長は、注意しとくよって返事したの。でも、全く効き目なしよ。露骨なセクハラはなくなったけど、仕事上の意地悪をするのよ。例えば、会議室の椅子が壊れたとき、自分で修理依頼を出せばいいのに、しないでおいて、アケミちゃんに椅子の修理が必要か調べさせたの。アケミちゃん、きちんと調べて、修理の必要はないって今林係長に報告したの。そしたら、次の日、会議室に連れていかれて、壊れた椅子の前で、怒鳴られたのよ。彼女はきちんと仕事をする子だから、見落としなんてないのに。どうやら、彼女が調べたときに、壊れた椅子をどこかに隠しておいたみたいなのよ」

「ひどいなあ。彼女大丈夫なの」

「大丈夫じゃないわ。会社辞めようかって悩んじゃって。私、今林係長のところに行ったの。そして、安田さんのことといじめないでくださいって、穏やかに話したのよ。そしたらあいつ、仕事を与えて、社員として伸ばしてやるのだとか、意地悪なんかしていないとか、のらりくらりと逃げるのよ。彼女に仕事を与えるのは上司として当然だろうって言うのよ。私、安田さんにばかり仕事をたくさんさせるのはパワハラですって言ったの。そしたら私の言うことは無視して、『君のような友達思いの子は、素晴らしい』なんて褒めるのよ。私、はぐらかさないで、きちんと安田さんに意地悪しないと約束してくださいって、言ったのよ。そしたら、私の肩に手を置いて、君のような美人と話ができてよかったよ、と言うの。肩の手を払うと、『誰もいないのだから、君を抱きしめたって、平気だ。俺には後ろ盾もあるし、営業の成績もいいのだから、上も何にも言えないんだ』って言うの」

「やばいなあ。二人きりで話していたの」

「そうよ。だって、人に聞かれる場所では話せないでしょう。彼、私に抱きついてきたわ。ありえないでしょう。私ニコッと笑ったの。彼もニタッと笑ったわ。あごのところの剃り残しの髭が汚らしくて嫌だったわ。でも、次の瞬間、彼の顔が醜くゆがんだの。私、彼のあそこに触って、凍らせたのよ。『何をした』って怒鳴ったけど後の祭りよ。何もしていませんって言って部屋を出たわ」

さぞかし冷たかったことだろう。桔梗の話によると、その後、係長は、上司の部長のところに行き、自分に都合よく話をして、病院へ行った。部長も話を信じられなくて、ともかく病院へ行くように指図した。人事部長に呼ばれた桔梗は、落ち着き払って、穏やかにこう答えた。安田さんのことについて話をしていたら、急に今林係長がわめき出して、怖かったので、部屋を出たと。

病院で、係長は血液が循環しないことによる局部の損傷との診断を受け、そのまま入院した。局部は、壊死していた。打撲のようでもあり、凍傷のようでもあり、不思議な傷み方だったそうだ。打撲の部分を残すか、切り落とすかは、様子を見てからになるそうだ。

ところが、馬鹿な係長は、会社に相談なく被害届を警察に出した。人事課長をはじめ、会社の幹部は当惑した。警察が入る傷害事件に発展することは避けたかった。しかし、今林係長が警察に連絡しては、警察も放っておくわけにはいかなかった。

警察は会社に連絡し、桔梗のところに刑事がやって来た。そして刑事は、人事部長と桔梗に事の概要を聞いた。そして、被害届が出たので、事情を聞くということで、桔梗が一人で警察に行くことになった。

「一緒に行ってあげようか」

「大丈夫よ。私がやったなんて、科学的に説明も立証もできないのだから」

「でも、係長ちょっと可哀想だなあ」

「大丈夫。凍らせたのは。1個だけだから。もう1個が働くわ。可哀想なんてないわ。あれだけのことをしてきたんだもの」

私は、クスッと笑った。男性としての能力の損失も心配だろうが、手当の際の恥ずかしさが耐えられないだろう。しかし、意地悪をされてきた何人もの社員は溜飲を下げたことだろう。

刑事は安田あけみさんにも、話を聞いた。どう見ても、今林のほうが立場は悪く見えた。


次の日、私は仕事の後桔梗を訪ねた。ワインとピザを持って行った。桔梗はもう帰っていた。警察でのことを聞くと、

「ははは」

笑いながら桔梗は話してくれた。もちろん係長も、警察も、桔梗のしたことを立証できないし、警察は、初めから係長の話を信じてはいなかったようだ。聴取では、二人の刑事が、刑事部屋の空いている机に桔梗を座らせた。二人は留守の刑事の椅子に座って、話をした。テレビで見るような狭い取調室は、重要参考人でもないので使わないと言われたそうだ。その後、どんなことがあったか話してほしいと言われ、同僚へのセクハラや、いじめをやめてほしいということを係長に話したのだと説明した。そしたら、係長が興奮して怒鳴ったので、逃げるように部屋を出た。係長の叫び声は聞こえたけれど、怖かったので、そのまま同僚のいる仕事部屋に戻ったのだと。

刑事は、『係長が局部を触られた』と言っていることはどうか聞いてきた。桔梗は笑って、

「局部ですか？　あんな人のモノを触ろうなんて夢にも思わない」って言ったそうだ。

30分ほど話をして、調書らしきものを刑事が作った。桔梗は、それに署名捺印して帰ってきたということだった。

「それでね……」

桔梗は本題に入った。

「私は、人に知られてないけど、特殊な能力があるでしょ。それと、考え方も、普通の人とは違うわ。その、信賞必罰の意識が高いというか、特に必罰のほうが激しいのよね。目には目を歯には歯をという考えで、加害者を攻撃するの。その考え方や、行動をアキさんが理解できるか心配なの」

桔梗は、私に能力を理解できるかと聞いているのではない。目には目をという厳しい考え方と、罰し方を受け入れられるかと聞いているのだ。

「理解はできるよ。でも、自分が桔梗に対して間違ったことをしたとき、厳しい方法で罰せられたら嫌だと思う」

「私は、何がなんでも厳しく罰するということではないのよ。きちんと話したり、相手の非を説明したりして、それでも改善されなかったときに攻撃するだけよ」

「そのとき、桔梗が誤解したり、間違った判断をするということはないのかなあ」

「私が誤解していないかは、いつもきちんと確かめているわ。大体の場合、人間のほうが、エゴで行動したり、ばれないだろうと悪いことを隠したりしているのよ」

「桔梗は俺に、一緒にいて、意地悪なことや、桔梗にとって耐えがたいことをしたら、相応の罰を課すが、覚悟はできているのかを聞いているのか」

少し間があった。桔梗は私の目を正面から見て言った。

「違うわ。私が誰かに相応の罰を与えることがあるけれど、受け入れてもらえるかということよ。でも、そんなことはないと思うけど、もしあなたが思慮に欠ける行動をしたときは、人間なら許すことも、私には許せないかもしれないってことよ」

桔梗は続けた。

「雪女の話、あなたも知っているでしょう。男は、ある晩、雪女との約束を破って、冬の山での出来事をしゃべってしまった。そのとき、夫を殺さなかったのは、夫に悪気がなかったからよ。でも、それ以前に、夫は雪女が働き者であることに甘えて、ぐうたらな生活をするようになっていたの。人間界に語り継がれた話と、私たちの世界での話とは少し違うの。でも、物語の中の男は、雪女との約束ということに対してあまりにも安易に考えていたのよ。

でも、人に雪女のことを話さないという約束を破ったけど、許したの」

「子供がいたからだろう」

「それもあるわ。でも、私たちの世界の掟が重要なのよ。つまり、私たちの存在を、危うくするような行動は禁じられていて、私たちは、それを厳格に守らなければならないの。だから、雪女は、自分の子供を置いて、姿を消さなければならなかったのよ」

「守らないと、何か罰を受けるの」

「いいえ。それはないと思うわ。私の知る限り、守らなかった親族同胞はいなかったわ。私たちは、ダメなことはダメなの。掟は、絶対に守るものなの。あの後も、雪女が夫と暮らしていれば、村人が気付いたり、夫が堕落して、彼女に危険が及んだと思うの。私たちの掟では、雪女を裏切った夫を許しては、いけないの」

「子供が、可哀想じゃないか」

「そうよね。でも、約束とは、何があっても違えてはいけないものなのよ。雪女の側から言えば、子供もいて幸せに暮らしていて、なんで約束を守ろうとしないのだということになるのよ」

　いつも柔和な桔梗の言葉とは思えないくらい、厳しい口調だった。目が届かないからといって一度した約束をたがえることは何があっても許されないということなのだ。

「ついでに、話しておくわ。雪女の物語の初めに父親が殺される場面ね、親子の猟師は、立ち入ってはいけない敷地に入って猟をしていたの。息子は嫌がっていたのだけれど、父親がわがままな人で、入ってはいけない私たちの一族の領分を犯して、獲物をあさっていたの。それで、殺されたのよ。雪女の物語では、突然寝ているところにやって来た雪女が、なんの理由もなく父親を殺したように言い伝えられているわ。けれど、それは、人間社会での作り話なの。息子のほうを助けたのは、父親に逆らえないで、やむなく猟をしていた事情を察してのことよ」

「そうかあ。桔梗、正直、話を聞いて俺は恐ろしいよ。だって、持っている能力は桔梗のほうが上で、逆らえないと思うんだ。桔梗と結婚するということは、想像しなかった世界に飛び込むような気分だよ」

「分かるわ。確かに、暴力的な力に関しては、私のほうが強いわね。でも、あなたには、優れた能力がいくつもあるのよ」

「例えば」

「まず、正直なこと。人に何かやってもらおうとせずに、やってあげようとする性向が強いこと。国語の力があること。つまり話を聞いて人の心を理解できるわ。そして、何より優れた能力は、新しいことに対する対応力と冒険心があること。それから、私を好きでいてくれること。これは、能力ではないけれど、私はありがたく思っているわ。だって、私はあなたに頼っているのよ。あなたが支えになっているの」

「つまり、俺が考えている以上に、愛してくれているってこと」

「そこまで言わせないで。今日の話は、私があなたをどう思っているかじゃあないのよ。あなたが私と一緒に暮らせるかってことよ」

「そうだけど、俺が桔梗を受け入れるにあたって、桔梗の気持ちを知っておきたいんだよ」

「私があなたを好きになる前のことだけどね、あなたのことを練習場で観察したの。練習場の行動から、あなたがどんな性格の人か。練習場の受付を通るときから、周りの人との会話からいろいろ見たわ。それで、正直で冒険心のある人じゃないかって思ったのよ。一番大事なのは、思いやりがあるってこと。そこで、練習場だけじゃあ判断の材料が少ないので、付き合って確かめることにしたの。そして分かったのよ。あなたは信頼できて私の秘密を打ち明けても理解して、一緒に暮らせる人だなって。好きになったのはそのあとよ。分かった。私の気持ちね、なんというかスコアが72のラウンドのようなものだと思う」

「ゴルフの話か」

「ゴルフに例えればということね」

「72のラウンド。俺はそんなスコアでラウンドはできないけれど、素晴らしく満足ってことか」

「そうだけど、ひと言足りないわ。パーだけど、素晴らしく満足ということよ」

私は、桔梗の首を軽く絞めた。桔梗は笑って私に抱きついた。

「今、理解力があるって褒めてくれたのに、パーだっていうのかい」

「そうよ。あたしがあなたをどれほど好きか知らないから、パーよ」

「正直、怖いんだ。でも、全てを受け入れることはすぐには約束できないなあ。よく考えさせてほしい。だって、今、別れるなんてことできないし、桔梗のこと好きだから」

私は桔梗の耳元で囁いた。

決心するのに時間はいらなかった。初めて会ったときから、この人と一緒にいたいと強く思っていたから。

それと、非常に短い時間での決心だったけれど、目の前の不思議な人と恋人同士であり、結婚することが一種の冒険のようにも思えた。恐怖心もあった。でも、それ以上に、秘密をきちんと打ち明けてくれた桔梗を信頼していいと考えた。自分を信頼して、秘密を打ち明けてくれたのだ。他人に誠実であることを要求するのだから、本人も誠実な人であるはずだ。自分のほうでも、至誠をもって桔梗に接していけばいいのだと思った。

帰りがけに買ったワインはいつもより、高いワインだった。ピザも買ったが、冷めてしまった。オーブンレンジで温めて食べた。

桔梗は、音楽のボリュームを上げた。部屋に歌う声が響いた。女性のフランス人歌手だった。私たちの雰囲気を邪魔しない曲だと思った。

第9章　桔梗の母

桔梗の母親に会うことになった。今は、夫と死別して、一人で生活しているということだ。東北地方の桔梗の故郷に1泊することになったが、桔梗は、母の家に泊まろうと提案した。私は、ホテルを予約して泊まるほうがよいと考えた。初めて訪問し、私も一緒に泊まるというのは、気が進まなかった。しかし、桔梗の母親の希望もあり、泊まる部屋もあるということだ。それと、三人でおいしいお酒を飲もうという母親の希望もあった。

桔梗の車で東北道を北上した。すでに紅葉は終わり、いつ雪が降ってもおかしくない11月末の土曜日だ。この頃は、二人で車に乗ることが特別なことという感じが薄れてきていた。出会って間もない頃は、互いに気を使ったり、わくわくしたりだったが、今は隣に座っているのが当たり前という感覚になっていた。

もう、敬語を使うこともない。しかし、桔梗は、決して今の若い子が使うような言葉遣いはしなかった。例えば、ら抜き言葉といわれるような言葉だ。同意を求める言葉遣いも、

『でしょう』は使うが、『だろう』とは言わない。私に敬意を払っているように感じられる。それに対して、私のほうは、『だろう』と言っている。まあ、男と女の違いだといえばそうなるが、男女同権の意識の強い今どきの女性は、いわゆるタメ口を使うことがある。私は、話の内容が正当ならば、気にならない。しかし、桔梗の話し方は少し古めかしい感じがする。彼女の使った若者言葉は、『うざい』というひと言だけだった。

桔梗の母親の家に近づくにつれ、景色が寂しくなってくるように感じた。刈り取った稲の茎が、きれいに並んでいる田んぼ、畔の枯れた草、すれ違う車がほとんどない道路などが、なんとなく落ち着いているというか、寂しいというか、懐かしく感じられた。私の生まれ育った町も、家並みが続くのは、１キロメートルくらいで、そこを過ぎると、農村の風景だ。しかし、今車窓から見える地域と自分の故郷との違いは、ここが冬に作物を作らない場所だということだ。私の育った地域では、白菜の畑や、きゅうりを作るビニールハウスなどがある。桔梗の母親の住むところは、まさに、冬に向かってどんどん静かになってきている処に見えた。

景色が寂しく見えたということは、私には、好ましい地域に感じられた。寂しいけれど、のんびり暮らせる処が私は好きだ。

「すごい家に住んでいるんだね」

広い庭に止めた車から降りた私の第一声だ。広い庭には柿の木があった。上のほうの柿は人からも鳥からも取り残され、夕日がさして、色が一層濃く見えた。

「なかなか趣がある家でしょう」

大きな平屋の家だ。太い柱ががっちり家を支え、１００年も経っているのではないかと思える。葺き替えてあまり時間が経っていない萱葺き屋根の曲屋だ。今どき、萱葺きの家なんてなんとも素晴らしい。家の敷地の周りには、ところどころに腰くらいの高さの四ツ目垣がある。家の北側には高い山が見え、南側にはやや遠くに小さな川が流れている。

家の中に入ると土間があった。明るい灰色で、固く締まっている。まるで、コンクリートかと思われる。

「ただいまー」

桔梗が大きな声で挨拶した。

「おかえりー」

奥から笑顔の女性が出てきた。

「こんにちは。こちらが太田さんね。初めまして。深沢ひろみです。よろしくお願いします」

「太田弘明です。こちらこそよろしくお願いいたします」

ひと通りの挨拶を交わして、家に上がった。囲炉裏があった。高い天井からつり下げられた自在鉤《かぎ》には、南部鉄瓶が掛けられ、静かに湯気を立てていた。桔梗の母は火箸で灰を掻き炭の火力を増しながら、

「さ、囲炉裏の近くにどうぞ」

と言って、すっと立ち上がった。もう、50歳は過ぎているはずなのに、行動が機敏だ。顔立ちも30歳といっても誰も疑わないほど若い。私たちは、囲炉端に座ったが、部屋は寒くはなかった。

桔梗の母親が、台所で夕飯の支度をしている間、私たちは、囲炉裏端で話をしていた。桔梗は、この家で育った。一人っ子だ。子供の頃は、近くの家の子供たち三人と遊んだ。そのうち二人は女の子で、もう結婚して故郷を離れている。一人の男の子は、農家を継いでいる。冬になると、近くのスキー場で監視員の仕事をしている。夏場は、設備屋として、水道管を敷設したり、トイレを設置したりする仕事をしているそうだ。米を作るだけでは、なかなかよい暮らしができないので、稼ぐ手立てをいろいろと考えなければならないそうだ。

「ところで、桔梗もお母さんも、東北地方の言葉じゃあないと思うんだけど」

　私が聞くと、

「それは、母は日本橋生まれの江戸っ子だからよ。結婚してこっちに住むようになったけど、言葉は変わっていないみたい。私は、東北弁が好きで、こっちの友達と話すと方言が出るけど、母の言葉を聞いていたし、大学が東京だったから東北の言葉を忘れかけているかもしれない」

「今の若い人は、テレビの影響で、みんな標準語を話すね。方言が失われるって、寂しいな。ところで、テレビ、ないよね。この部屋には」

「そうね。でも、母は、パソコンで見ているわ。母はね、株のトレードで稼いでいるの。ファイナンシャルプランナーの資格があるのよ。父の残した財産と遺族年金の収入もあるのだけれど、トレーダーとしての腕もちょっとすごいのよ。だからパソコンは必需品なの。母の部屋には、2台あるの。それにタブレットも」

　盆に洋菓子とコーヒーを乗せ、桔梗の母が囲炉裏端に来た。

「囲炉裏でコーヒー飲むのも乙なものですよ。寒い日には、バニラの香りがするコーヒーが飲みたくなるの。太田さんコーヒー好きですか」

「はい。特に、この香りは好きです。こんないい香りのコーヒーがあるなんて知りませんでした」

初対面のときの話は、およそ自分の育った環境とか、好きな食べ物とか、趣味とかだ。ひと通りそんな話をしていると、外は真っ暗になった。母親の勧めで、風呂に入った。東北の曲屋にしては、驚くべき風呂だ。木製の引き戸を開けて、私は思わず声を漏らしてしまった。引き戸の内側には、ユニットバスが設えてあった。明るい色の大理石のような材質の湯船につかると、とても落ち着く。これが母親の趣味かなあと思いながら目をつぶった。考えてみると、初めて会ったゴルフの練習場でみんなが振り向く素敵な人の、生まれ育った家で、こうして湯船につかっている。自分がとても幸せに思えた。風呂場の窓を開けると、真っ黒く見える木立や竹林と、星の輝く空が見えた。木立は、風に揺れているが、かすかな風の音が聞こえた。町中の車や人の声などがない分、とても静かだ。

囲炉裏端に戻った。

竹串に刺さったアユが、囲炉裏の炭火にかざしてあった。熱で、アユの水分だか脂分が少しずつその口から染み出ていた。鮭の氷頭と大根の酢の物と馬肉の刺身を肴に、地酒を三人で飲んだ。母親の楽しみは、安くてうまい酒を探すことだそうだ。

「4合瓶で、1万円のお酒はおいしいに決まってるわ。でもね、私は3千円で同じくらいおいしいお酒を見つけて味わうのが好きなの。この辺の酒蔵の人と友達になるとね、いつでもそんなお酒が飲めるのですよ。搾りたてのろ過しない、火も入れないお酒を『ヒロちゃん飲んでみろ』なんて持ってきてくれるんです。今年も、そろそろ新酒が出来上がる頃だから楽しみにしてるんです」

「俺も日本酒は大好きです。兄が酒好きで正月に帰ると、地元のおいしい酒が買ってあってよく飲みます」

「今日のお酒は、今年の2月にできたお酒なんです。低温で、今頃まで置いとくと落ち着いた味になってくるの。出来上がったばかりの香りの高いお酒もいいけど、これもいけると思うわ」

二人の話を聞きながら桔梗は鮎の串刺しを裏返した。私たちが和やかに話している様子に安心しているようにも見えた。

三人で4合瓶を1本飲んでしまうと、母親は別の銘柄の酒を台所から持ってきた。飲んでみて驚いた。なんとなくリンゴのような香りを含んだ酒だった。新聞紙に包んであった瓶にはラベルが貼られていない。

「このお酒はとっておきなのよ。太田さんがいらっしゃるなら是非飲んで頂こうと思っていたのです」

飛び切りの大吟醸だと思った。香りといい、落ち着いた味だが、決して軽くない味わいがある。今までに飲んだことがない酒だった。

「香り吟醸ですね」

「お母さん、蔵の手伝いをしてもらったんでしょう。このお酒」

「そうよ。寒くなる日を当てて、その寒さが何日続くかを教えるだけでいいのよ。でも、先回は、二日ほど気温が上がった日があったから、蔵を少し冷やしてやったのよ」

「お母さんまずいでしょう。そんなことして気付かれでもしたら」

桔梗が心配して言った。

「大丈夫よ。暖かくなった日にそれとなく蔵に行って、空気を冷やしただけだから。誰も気付いていないわよ。酒蔵のご主人、今年の出来は悪くないと言って、これをくれたの。これは、先シーズンのお酒で、私はいいと思うけど、ご主人は、香りが高すぎて、最高じゃあないって言うのよ。だったら私にたくさん飲ませてって言ったら、3本もくれたの」

「あのご主人お母さんに気があるんじゃないの」

「そうかもしれないわ。私が造り酒屋の女将に収まったら、あなたお酒飲み放題よ」

「いいかもしれないなあ。お酒と酒粕には不自由しないわね。それに、お母さんが蔵にいれば品評会でも毎年金賞を取れるね」

「今も、取っているわよ。今更結婚したくはないわ。自由がいいもの。あのご主人よい方だから、私も少しだけお手伝いしてるってところ」

私は、酒に酔って、母親にもそろそろ聞いてもよかろうと思い、切り出した。

「ところで、お母さんは、若いですよね。今日初めて会ったとき、桔梗のお姉さんかと思いました」

「あら、ありがとうございます。太田さんお酒が入ると、お世辞が上手になりますのね。でも、歳は聞かないでくださいね。桔梗にも私の歳は聞かないでくださいね」

話の上手な方だ。話をはぐらかすのも巧い。

その夜は、母親と打ち解けて話ができたし、桔梗の生家に泊まることができてほっとした。結婚までにするべきことの一つが終わったという気がした。

第10章　決心

好きな女性と結婚するとき、普通なら男性が結婚しようとあれこれ努力するのだと思う。しかし、自分の場合、結婚したい気持ちはあるのだけれど、相手が特別な人だけに、プロポーズするまでに決心が必要だった。我々とは少し違う女性、いや、ずいぶんと違う女性なのだ。

以前、私は結婚したいと考え、彼女に将来結婚しようということを言った。それは、あたかも清水の舞台に立ったような心境だ。しかし、そこから飛び降りようとしているのが今の状況だといえる。つまり、決心するのは簡単だったが、経験するのはこれからで、未知の体験をしていくということだ。舞台から飛び降りるということが、どんなことなのかは経験してみないと分からない。

桔梗の母の家からの帰り道、運転している私のほうを見て桔梗が言った。

「あんまり古めかしい家で驚いたでしょう。でも、あの家にいると、母と私は落ち着くのよ」

「俺もいい雰囲気の家だと思うよ。古い中にも、風呂とか寝室とか今風に改築されていて居心地がよかったよ」

「ねえ、もしかして、あなた私との結婚に少しのためらいがあるんじゃない。母の家での様子だけど、楽しんでいるような中に、ぽっと抜けたようなところがあったわよ。これでいいのかなって考えていたんじゃない」

「正直、そうなんだよ。そんなことはないと言いたいけど、なんかすっきり結婚できるとかうれしいと単純に喜べないところがある」

「正直に言ってくれて、ありがとう。私との結婚だもの。不安はあるわね。あのね、なんで私があなたに最初に会ったときに、アプローチ練習場に行って、一緒に練習したのだと思う」

「さあ。分からないよ」

「実は、あなたは気付いていなかったでしょうけれど、あの日より前に、私はあなたを見かけていたのよ。そのとき、あなた、カエルに話しかけていたの。腹が膨れたアオガエルがゴルフ練習場の窓に張り付いていたわ。あなたは大事そうに手でくるんで、植え込みに逃がしてやったでしょう。そのとき、あなたは小声で『こんなところにいると、人間に意地悪されるぞ』って言ったわ」

「俺確かに言ったね。でも、誰にも聞き取れないくらい小さな声だったけど」

桔梗は、小さくしまったという顔をした。知られてはいけない能力を、また私に気付かれてしまったのだ。

「桔梗は、心が読めるの」

「いいえ。でも、かなり小さな音が聞き取れるの。聞こうと思えば20メートルくらい離れているところのひそひそ話が聞き取れるわ。でも、かなり集中して聞けばという話だけどね。雑音が入ってもだめなの。あのときのあなたとカエルとの会話は、聞き取れたの。それで思ったの。あなたは、優しい人なのだなあって」

「うれしい話だけど、桔梗といると、独り言も言えないなあ」

「ごめんなさい。でも、あなたと一緒にいて、あなたが、正直で、親切な人だってよく分かったの。ゴルフ練習場で働く人たちと話すときも、きちんと敬語を使っていたわ。決して偉そうにしない人なのよね。そんなあなたが好きなの。あなたといると、私も優しい気持ちになれるような気がするの。一緒にアプローチショットの練習したのは、もっとあなたのことを知りたかったからなの」

私のよさを認め、一緒にいたいと思ってくれる人がいる。人と言っていいのかどうか分からないけれど、特殊な能力のある人だ。この人に誠実に寄り添っていけば怖い存在ではない。
私は清水の舞台から跳ぶことにした。

「桔梗、これからも、一緒にゴルフやろう。ゴルフに限らず、いろんなことを一緒にやろう。ずっと一緒にいよう」

この言葉の後で、二人は、手を取り合って、目を見合わせ、ハグとキッスになるべきだった。惜しむらくは、走っている車の中での会話だったということだ。

帰りは東北道を南下した。私が運転した。桔梗はなぜかルームミラーを動かした。

「ねえ、後ろの車ずっとついてくるような気がするんだけど。さっきパーキングで止まったときも少し離れて止まっていたように思うのだけれど」

「後ろの黒い車か」

「誰かがついてきて何か探ろうとしているのかしら。ねえ、次のパーキングに入ってみない。ついてきたら怪しい車よ」

案の定黒い車が我々の後についてパーキングに入ってきた。私は一人で車から降りて、コーヒーを買いに売店に入った。桔梗は車の中から、ついてきた車の様子をうかがった。

私は、コーヒーの入ったカップを二つ持って車に戻った。

「あの車の中の人、カメラを持っているわよ。望遠レンズの付いた一眼レフカメラのように見える」

「一体どういうこと」

「かなり遠くの人間をはっきりと撮ることができるということよ。もし、私たちを監視しているとしたら、実家も見張られていたかもしれないわね」

「でも、怪しい行動はとらなかったし、問題はないだろう」

私たちは、車の中でコーヒーをゆっくり飲んだ。ミラーに映ったその車はそれから間もなく走り去った。桔梗は携帯電話を取り出し、何かを記録したようだった。私たちは、間もなく、出発することにした。

第11章　桔梗の危機

1月末のみぞれの降る日。午後5時頃から、学年の教員が集まって、2月の行事について話し合った。学年の話し合いは誰かが担任している教室で行われる。担任四人と私たちの学年に属している教員四人の八人の打ち合わせだ。

私の仲間には、人が何かを提案すると、ひと言言う男がいる。言ったからといって、提案以上の考えや新しい提案を出すわけではない。何か言うのだ。我々の会議は、ある程度人を傷つけないような意見や言い回しのやり取りで進行するので、会議に集中していなくてもなんということはない。しかし、長々と時間をかけることには閉口する。

また、仕事の分担の話になると、大体年上の先生が自分のところには回ってこないような意見を言ったり、屁理屈をこねたりして若い者のところに回そうとする。私たちが仕事を分担することに問題はないのだが、その仕事をやろうと提案した本人が、その仕事から逃れるような意見を言うのは、ずるいと思う。

会議中、桔梗のことを考えていた私は、仕事の分担の話に自分の名前が出てきて、はっとした。あまり気が進まない仕事の提案であったが、この場で長々と話し合いを続けているのも嫌なので、それを引き受けることにした。これが『学年会』というやつだ。会議は7時過ぎまでかかった。大体誰かが仕事を負担することを決めるときは時間がかかるものだ。

職員室に戻った私は、荷物をまとめて、携帯電話をチェックした。桔梗からのラインメールが入っていた。

『今林に暴力振るわれた　無事だけど　ショック』

すぐに電話をかけた。桔梗が電話に出た。

「もしもし」

「桔梗、大丈夫か」

「うん。でも、すぐ来てもらえる」

「行くよ。どこにいるの」

「市民病院の外科外来よ」

病院に着くと、長椅子にポツンと座った桔梗がいた。右腕を肩から布で吊って目をつぶっていた。髪を頭の後ろで一つにまとめ、バンスクリップで留めていた。髪の毛が一筋クリップから離れ襟足に掛かっていた。

私は、20メートルくらい離れたところから彼女の名を小声で呼んだ。桔梗がこちらを向いて微笑んだ。足音を立てないように歩きながら

「驚いたよ。大丈夫かい」

桔梗は、ゆっくりうなずいた。その顔が微笑んでいるのを見て、私は少し安心した。

桔梗は、次のようなことを話してくれた。

6時頃、仕事を終えて会社を出た。いつものように歩いてマンションに向かっていると、後ろから今林が小走りに桔梗を追ってきた。桔梗は速足で歩き出したが、追いつかれそうになった。とっさに周りを見るが、人影のない道だった。桔梗は、走った。マンションから100メートルくらい離れた場所に、コインパーキングがある。街灯とパーキングのLEDライトでその一角だけ明るかった。桔梗はそこで止まった。そこで、後ろから追いかけてきた今林のほうを向いた。今林は、言った。

「この前は、ひどいじゃないか。あんなことをして」

そのとき、今林の声は異様に大きかった。自分に話しかけるのなら大きすぎる声だった。

「なんのことですか。私を追いかけてきて、なんの用ですか」

「なんの用じゃあないよ。謝罪しろよ。あんなことしやがって」

「何もしていない私が、なぜ謝罪しなくてはならないのですか。私を威嚇すること自体、犯罪です」

そう言ったとき、桔梗は、少し離れた暗がりに、カメラを持った人影を見つけた。ここで、今林に何かの危害を加えれば、そこを写真かビデオに撮ろうとしている。そう思った桔梗は、パーキングの明かりの近くまでゆっくりと歩いた。先日実家からの帰りに、自分たちをつけてきたのは今林たちだったと思った。何かあれば隙を突こうということだったのだろう。桔梗は立ち止まると、

「それ以上私に近づかないでください。私たちに仕事上の意地悪や、嫌がらせをしないで」

と、言った。

今林は、あたりを見回した。人気がないことを確かめると、桔梗に殴りかかった。桔梗は顔を右手で防御し、わざとその場に倒れた。しかし、不意の一撃を食らった桔梗は、右手を負傷した。もし、それ以上の暴力を振るえば今林の足に攻撃を加えようと身構えた。すると、今林は自分で転び、額を道路に擦り付けた。そのとき、ストロボがたかれた。

桔梗はやっぱりそうかと思った。あたかも、桔梗が暴力を振るって今林を傷つけたかのよ

うな場面を撮影したつもりなのだろう。

今林はその場から走って立ち去った。

桔梗は私に電話をかけ、タクシーで病院に向かった。

桔梗のけがは打撲だった。幸い3日もすれば腫れも痛みも消えるだろうとのことだった。しかし、手の青あざはしばらく残りそうだ。桔梗は、私とマンションに帰った。

次の日、桔梗は、昨夜の出来事を上司である橋本課長に話した。橋本は、坂本部長経由で、話を横田人事部長に伝えた。

人事部長がどう扱おうかと心を悩ましているところに、以前桔梗を聴取した高橋刑事がもう一人の刑事を伴ってやって来た。彼らは、今林から被害届が出されたということで、桔梗から話を聞きにやって来たのだ。

桔梗は、人事部長と橋本課長のいる席で、刑事から尋問された。刑事の聞き方は丁寧で、穏やかだった。

「深沢さん、実は、ある方から、あなたに暴力を振るわれ、けがをしたという届が出ました。私の言っていることに心当たりがありますよね」

「はい。昨夜のことでしょうが、私は決して暴力など振るってはいません」

「しかし、その方が転んで、額を打ったときのことを偶然見た人がおりまして」

「その人や、今林さんが何を言ったか知りませんけれど、暴力を振るわれたのは、私のほうなのですよ。私は、けがをして、昨夜病院へ行ったのですから」

「しかし、今回は目撃者がいましてね。任意で警察に来て、話を聞かせてくださいませんか」

横田人事部長は、戸惑いながら言った。

「刑事さん、深沢は、暴力を振るって、人にけがをさせるようなことはしないと思いますが」

高橋刑事は、ともかくきちんとした取り調べをしなければならない。会社で長々話を聞くのもなんだから、ここはひとつ警察署のほうへ来てほしいということを主張した。

桔梗は課長と部長に向かっていった。

「すみません、私のことでご迷惑をかけて。でも、私は絶対に暴力なんて振るってはいません。うそを言っているのは向こうのほうです」

横田部長が言った。

「私も君がそんなことするとは思えません。が、ともかく、警察で詳しく話をしてきてください」

　桔梗は警察へ向かった。その途中、刑事たちは、現場となったコインパーキングのところに桔梗を連れて行った。

　高橋刑事は、車の中で言った。

「深沢さん。あなたを犯人扱いする気はないのです。あなたは女性だし、自分より体の大きな被害者、いや、被害届を出した方に暴力を振るうなどとは、考えにくいのです。我々警察は、双方から丁寧に話を聞き、裏付けを取って、真相を究明したいのです。協力してください」

　桔梗も自分の言い分を説明するために、車の外に出て、昨夜の様子を説明したかった。桔梗は、高橋刑事に断って、警察の車両から降り、自分のいた位置や今林の行動など昨夜の様子を詳しく話した。高橋が話を聞き、もう一人の刑事が、メモを取った。

　警察に着くと、今度は、取調室に連れて行かれた。

「やあ、深沢さん、本当に申し訳ないけれど、今日はここで話を聞かせていただきます。私は、石川誠哉《せいや》という者です。まあ、お茶をどうぞ」

桔梗は、静かにお茶を飲んだ。さすがにカツ丼は出ないだろうが、取り調べの担当者たちの丁寧な言葉遣いには驚いた。石川は、すぐに昨夜のことを聞いてはこなかった。

「まずいお茶だと言わないでください。我々は、いつもこんなお茶を飲んでいるのですよ。会社では、おいしいお茶を召し上がっているのでしょう」

桔梗は、なんてつまらない話を始めるのだ、早く本題に入れと思った。しかし、

「そうでもないですよ。お客様にはおいしいお茶やコーヒーなどを用意しますが、私たちのお茶は、100グラム500円くらいのですよ」

その後桔梗の好きな飲み物の話が出て、桔梗の仕事のことを話して、30分くらいして、やっと昨夜の話になった。桔梗が話し終え、取り調べに当たった刑事たちも聞きたいことを聞くと、もう、1時を過ぎていた。食事をするなら出前を取るが、お金は自分で払ってほしいと言われた。

外で食べたいと言うと、私たちも一緒に行きましょうと言って石川ともう一人の女性がついてきた。人を拘束して、昼くらいごちそうしてほしいところだ。しかし、警察の決まりで、かつ丼はもちろん、昼飯もごちそうしてはくれなかった。

食事して帰ると、警察署のエントランスで、高橋刑事が待っていた。

「深沢さん、今日は、本当にご苦労様でした。今日は、これでお引き取りください。ありがとうございました」

また警察署で話をするのかと思っていた桔梗は、何か、狐につままれたような心地で会社に戻った。

会社に3時近くに戻った桔梗は、まず、課長のところで、今日のことを話した。次に、人事部長のところへ行って同じような話をした。部長は、桔梗が会社に戻ったことを喜んでくれた。しかし、これから総務部長と社長のところへ行かなければならないと言って、渋い顔をしていた。

人事部長としては、桔梗か、今林かどちらかがまずいことになり、会社としても処分しなければならないことで困っている。桔梗が戻ったとはいえ、手放しでは喜べない。

また、桔梗の疑いも晴れたということにはなっていない。もやもやした気持ちで、桔梗はその日の仕事を終えた。

私と桔梗は、一緒に外食した。二人とも、あまり話さずに、洋食を食べた。今回の事件について、我々二人は、とりあえず、警察の調べを待っていようということで合意した。

次の日は、金曜日だった。朝、前日のもやもやした気持ちのままで、休みに入りたくないという桔梗からのメールが、入ってきた。

どうなろうとも、自分がいつも桔梗の味方だという内容のメールを送った。一人のえげつない男の陰謀で、重たく心配ののしかかる週末は嫌だった。もちろん桔梗が暴力を振るうはずはないことは、確信していた。なぜなら、事件のあった場所が、桔梗のマンションに近いところだからだ。そんな場所にいた今林のほうが怪しい。また、証人がいるらしいが、怪しいものだ。百歩譲って、桔梗が、今林を殴ったとして、顔面をけがした今林が、桔梗に立ち向かわずに、目撃者に証言を求めるなどとは考えにくい。素人の自分が、こう考えているのだから、警察の担当者も、そのくらいのことは分かるはずだ。

仮に、送検されても、有罪にするのは困難だろう。

私の心配は、もう一つあった。あの桔梗が、本当に怒って、今林を傷つけないかということだった。彼女の能力を使えば、仕返しすることなど造作もないことだ。しかし、早まって、今林を傷つければ、今度こそ向こうの思うつぼだ。

そのことを確認しようと思って、私は、朝方電話をした。しかし、桔梗は、電話に出てくれなかった。

その日の授業は、どうもノリが悪かった。私は、古文と漢文の担当だ。同じ授業を4クラスに教える。昨日や今日駆け出しの教員ではないから、授業の準備などしなくても、なんということはない。しかし、今どきの高校生は、何か興味を引く面白いものを1つぐらい用意しないと、古文や漢文などに目もくれない。その結果どうなるかというと、教師の悪口を言う。無駄話を平気でする。居眠りをこく。子供の数が減ってきている今、大学は、選ばなければなんとか行けると、子供たちは高をくくっている。だから気に入った教科は勉強するが、嫌いな教科は手を抜く。

そんな高校生たちに、漢詩を教えるのは、一苦労だ。私は、あるとき、女性のアイドルの写真と、漢の時代の女性を描いた絵を持参した。

授業が始まると、アイドルの写真を見せる。高校生は、すぐに食いつく。これで何を教えるかというと、『傾国』という言葉。

「現代の美人は、こんな顔立ちだが、漢の時代はどうか」

と言って、絵を見せる。時代によって美人の顔は違う。そんなところから、『漢皇重色思傾国』と白居易作の長編叙事詩の学習に入るのだ。傾国とは国を傾けるほどの美人のことだ。玄宗皇帝と楊貴妃の話である。長い詩だから教科書で扱うのは、一部である。この詩の中には、楊貴妃が、温泉に入る場面や、絞殺される場面もある。ちょっと学校では扱いにくい場面だ。よほど、根気よく教えないと、生徒の多くは、この素晴らしい漢詩を誤って解釈してしまうだろう。漢詩の読み方と意味だけ解説すれば、まあ授業としては十分だ。しかし、それだけでは漢詩の本当の面白さは分からない。例えば『長恨歌』を教えるなら、舞台となった漢の時代や、漢皇の恋愛、王室に使える女性の数、皇が妻を娶《めと》る仕組みと女性の感情などを考えさせたいと思う。最後に愛する人を死なせてしまった漢皇の深い嘆きを理解してこの単元は終わるのだ。教師がひと言で話せば済む。だが、私は、生徒がそう考えるように仕向ける授業を心がけてきた。

その日の授業は、なんの準備もなしに、口だけの講義になった。私の心は、別の傾国にあった。

昼休みに、桔梗にメールを送った。

『心配しています　桔梗は大丈夫ですか　その後　進展はあった?』

『私は　だいじょうぶです　警察からの連絡はありません　ないから不安』

『仕事　終わったら　一緒にいよう』
『ゴルフの練習でもしませんか』
『じゃ練習場で　6時くらいには行けると思う』

第12章　二人の危機

仕事は、思ったより早く片付き、6時少し前に練習場に着いた。受付に行くと、練習場の受付をしている女性に、自分の打席を取ってもらった。その後ろの打席も桔梗のためにあけておいてくれるように頼んだ。まだ、桔梗は来ていないとは思いながら一応打席を見回した。いないのを確かめて、自分の打席にキャディーバッグを下ろした。コーヒーを買って、ストレッチを始めた。

まず、サンドウェッジで、50ヤードを狙った。練習始めは短いクラブで打つようにしている。50、60、70ヤード……。ボールは、40ヤードのあたりに落ちた。当たりが悪かった。ボールに集中して打っているつもりだったが、心は桔梗のことばかり気にしていた。来ないのは、もしかしてよくないことが起こったのではないか。会社で、上司と話をしていて遅いのではないか。そんなことを考えていては、ゴルフ練習に集中できるはずはない。

私は、コーヒーを一口飲んで、驚いた。温かいと思って手に取ったコーヒーが、冷たかった。なんと、冷たいコーヒーを買っていた。こんな冬に冷たいコーヒーなんか売っているとは。それを確かめもせずに、買ってしまった自分。冬に飲む冷たいコーヒーの味は、なんとなく今の自分の気持ちを表しているような気がした。寒々として苦いのだ。

アイアンの練習を軽くこなし、私は、ドライバーを取り出した。軽く息を吸って、吐いて、スウィングした。ボールは、長い滞空時間で230ヤードほどのところに落ちてその先に転がっていった。

「グッドショット」

桔梗だ。

振り返ると、微笑む桔梗がいた。人がいなければ、抱きしめたい気分だった。私は精一杯遠慮して、両手で桔梗の手を握った。手は、思ったより暖かかった。桔梗が、

「今晩は」

相変わらず礼儀正しい人だ。私も

「今晩は」

「待たせてごめんなさい」

「そんなことないよ。謝らないでよ。それより、どうなった。警察から連絡ないの」

「うん。一体どうなっているのか、さっぱり分からないの。警察から連絡もないし、今林は出勤しないようだし、今日一日が長かったわ。あなたに会えて、ほっとしたわ」

「僕も桔梗に会って少し安心したよ。キャディーバッグ持ってこないの」

「練習にならないと思うから、バッグは車の中よ。あなたの練習を見ているわ」

「見られて打つのは、ちょっと恥ずかしいな。練習をやめて、場所を変えようか」


桔梗は、私の車に乗った。私は、10分ほど走って、車を湖沿いの空き地に止めた。車5台くらい止められる駐車場だ。その周りは枯れ草があって、その先には枯れた葦があった。冬場、夜になると、人影はない。練習場の光から離れ、民家のあまりない水辺からは、星がよく見えた。水面に月が映っていた。こんな光景に出合うのは初めてで、さざ波に月影も揺れていた。

「あのね、私たちしばらく会わないほうがいいのかなって考えたの」

桔梗が切り出した。

「なんで」

「今度のことで、私が逮捕されるようなことにでもなったら、あなたに迷惑をかけてしまうわ。それに、私、今林に対して、何かひどい仕返しをしてしまうかもしれない。私や、アケちゃんは全然悪くないのに、私たちが、こんなに嫌な思いをするなんて、理不尽でしょう。私の我慢にも限界があるわ」

「そうだよね。いや、つまり、理不尽ということについては同感だなあ。でも、しばらく会わないということについては反対だな。俺は、桔梗のそばにいて助けてあげたいし、今度のことで、俺たちが別れるなんて、納得できないよ。桔梗のそばにいて、できる限りのことをしたいんだけど。だって、俺たち結婚を前提で、付き合っているんだろう。それなのに桔梗が困っているときに離れて過ごすのか。桔梗が一番大変なときなのに一緒にいられないのか」

「何があっても、一緒にいてくれるというの。私は、とってもうれしいわ。ありがたいわ。でも、あなたに嫌な思いをさせたくないので、言ったの」

「一緒に同じ方を向いて、同じ思いをしようよ。俺たちが戦うのは、今林だ。それと、もし桔梗の潔白が証明されなかったら、警察や司法とも戦うことになる」

　桔梗は、静かに、両手を私の首に回し、頬を寄せてきた。思ったより暖かい頬を感じた。私はゆっくり、桔梗の肩を抱いた。私の車が、国産の小さめの車でよかったと思った。助手席の桔梗が近かったから。

「アキさん、ありがとう。あなたがいて心強いわ」

桔梗は、手を放し、助手席に座りなおした。

桔梗の横顔を見た。頬に一筋、涙の跡が見えた。私は、桔梗の膝に手を置いた。

私たちが、付き合い始めて9か月。初めてハグし、キスした。

これまで、何度もキスしていい場面はあった。なぜしなかったのか不思議だ。桔梗の家で飲んだ夜、ゴルフの後、灯台で海を眺めたとき、東北への旅行のとき。出会ってから、何か月になるか、指を折って数えた。そのとき、桔梗が私に聞いた。

「何を数えてるの」

私は、桔梗の目を見て、

「桔梗、明日のゴルフ大丈夫か」

「そうよね。明日ゴルフが入っていたわよね。行きましょう。ゴルフのキャンセルは、約束を破るのと同じことでしょう。8時47分のティーオフだったわよね」

桔梗に笑顔が戻ったことがうれしかった。

「6時30分に迎えに行くよ。途中で軽く練習してから行こう」

「迎えありがとう。サンドイッチ作るわ。あと、リンゴがあるから。ねえ、何を数えていたのよ」

「あのね、あと何回桔梗とキスできるかなって」

「そうね、一晩考えても数えきれないと思うわよ」

第13章　重い気持ちのゴルフ

二人は隣の県のゴルフ場にいた。ここは、丘陵地のゴルフ場で、フェアウェイがやや狭い。しかし、狭いゴルフ場の特徴として、右か、左か、どちらかは比較的安全に設計してある。もし、両方のサイドがハザードだったら、非常に難しいホールとなる。また、ここのゴルフコースは、ティーショットで打ち下ろし、グリーンに乗せるときには、打ち上げていくことが多い。距離がつかみにくく、いわゆるパーオン（パー4では2打、パー5では3打でグリーンにボールを乗せること）しにくいホールが多い。

パットの練習をしているところに、山内さんがやって来た。

「やあ、おはようございます。よろしくお願いします。あ、深沢さん、おはようございます。お手柔らかにお願いしますよ。私よりドライバーで飛ばさないでくださいね」

「こちらこそよろしくお願いします」

桔梗が帽子を取って挨拶した。私は桔梗のこのようなしぐさが好きだ。女性は挨拶すると
き帽子を取ったりはしない。かぶったままか、つばに手を当ててお辞儀をする。桔梗は帽子
を手に持ちお辞儀をした後、かぶりなおす。丁寧すぎるかと思えるが、桔梗の挨拶の仕方だ。

山内さんは、練習場で知り合い、そのうち一緒にプレーしようと話していた人だ。60歳を少し過ぎた方で、ドライバーでの飛距離は、若い頃より落ちたが、グリーン近くでは、いろいろなボールを打ちピン近くに運ぶことができる。また、パッティングも私よりはるかによい。

「おはようございます」

木田さんだ。

「おはようございます。今日は、天気がよいし、風もないから、スコアが悪くても言い訳できませんね」

山内さんが帽子をかぶりながら言った。

「そうですね。困りましたね。なんにしても、お二人さん、楽しくプレーしましょうね」

木田さんとのラウンドは、久しぶりだった。桔梗にとっては、初めての同伴者だ。

スタートホールは、522ヤードパー5だ。私は、3オンしたものの、3パットしてしまい、ボギーになった。山内さんは、4オンだったが、1パットで沈め、パー。桔梗は、3オン2パットのパーだった。

「太田さん、3パットなんてめったにしないのにどうしたの」

山内さんが、パターを片付けながら言った。

「まあ、こんなものでしょう。次は、パーを取りたいですね」

私は、笑って答えた。

「深沢さん、ナイスパーでしたね。しかし、私たちと一緒のティーからプレーして、楽々パーをとるのだから、すごいですね」

その日は、四人で、白ティからプレーした。私は、いつもそれより、20から30ヤード後ろの青ティーから打っている。しかし、山内さんと、桔梗が白ティーを使うというので、みんな一緒に白ティーから打つことにしたのだ。

2番ホールは、155ヤードのパー3だ。155ヤードとはいえ、打ち上げになっているのと向かい風が吹いているので、165ヤードのホールと思ってよい。

まず山内さんが打った。ボールは、グリーン右に外れたが、なかなかよいショットだった。桔梗は、５番アイアンを使った。グリーン右奥に乗せた。私は、７番アイアンで打った。ボールは左に曲がり、グリーンを外した。

私のショットは、何かいつもと違う。朝ちゃんと練習もしたし、寝不足でもない。まだ、調子が出ないなあと思っているところに、桔梗が近づいてきた。

「どうしたの。元気ないよ」

「ちゃんと朝ごはんも食べて、ショットの練習もしたのに、調子が出ないよ。桔梗にいいとこ見せようとして、ミスをしているのかなあ」

「そうだったら、私うれしいわ。私って、あなたに意識されるくらい、魅力的な女性ってことでしょう」

私は、なんとも言えなかった。よくまあ、あの事件の後だというのに、軽口をたたきながらゴルフができるものだ。桔梗は、事件のことは気にならないのだろうか。自分が被疑者になっているかもしれないというのに。

さっきボギーだった木田さんのボールは、少し距離が足らず、花道に落ちて止まった。

私は、56度のウェッジを持った。ピンまで、15ヤードだ。10ヤードキャリーで打ち、あとは転がってピンに近づくだろうと思った。ところが、ダフってしまって、２メートルのパットを残してしまった。このホールもボギーだった。

山内さんは、得意のピッチアンドランで、50センチメートルに寄せ、パーをセーブした。

山内さんは、とてもいいゴルフをする。マナーがよい。余計なおしゃべりはしないが、よいプレーには、声をかける。失敗したときには、黙っている。例えば、私がさっきのアプローチショットをミスしたときなど、「ヘッドアップしたんじゃないの」とか、「調子が出ないね」などと言う人がいる。

そんなこと言われてうれしい奴なんかいない。第一、ミスの原因は、自分が一番よく分かっている。同伴者がミスしたときは、黙っているのが一番だ。

山内さんは、プレーが速い。ボールの後ろから、打つ方向を決めると、1度も素振りをしない。そして、ボールのところに立つや、すぐに打つ。方向を決めるところから打つところまで、淀みがないところがよい。また、打ち終えるとすぐに次の動作に入る。さすがに走り出すことはないが、乗用カートまでさっさと歩き出す。

桔梗もプレーが速い。山内さんと違うところは、1度素振りをすることだ。構えた後、打つ方向を見て、軽く息を吸う動作が入る。また、彼女は、打ったボールが地面に落ちるまで、フィニッシュの姿勢のままでボールを見ている。その姿は、誰もが美しいと思う。もちろん顔も美しいが、背筋が凛としている。さわやかな風が彼女のところを吹き抜けるような気がする。

木田さんは、若くて飛距離も出るが、トラブルも多い。彼のよいところは、クラブを3本持って、自分のボールのところへ走り出すことだ。

私もプレーは速いほうなので、私たちの組は、前の組に2ホール目で追いついてしまった。そのあとは、待たされ続けた。

年配の女性が一人、50から60代に見える男性三人の組だった。女性は、ボールの飛距離は出ないが、その分、大きなトラブルにならない。言葉は悪いが、尺取虫のゴルフだ。しかし、すこし動作が緩慢だ。乗用カートに乗って移動するより、歩くほうがいいと思っているのか、てくてく歩いてプレーしている。男たち三人は、カートに乗るのだが、カートへの行き来が大変にのろい。一人の男性は、アドレスに入ると7、8回ワッグルをして、打つかと思えば10秒くらい固まっている。後ろの組が自分たちの80ヤード後ろで待っているのが見えていても、急ごうという気にならないらしい。以前オープンコンペで、さんざんに待たされたことを思い出した。

そうなると、私のショットは乱れた。OBを出すわ、ダフルわ、前半44のプレーだった。

山内さんは40。木田さんは45。桔梗は42で上がった。

ゴルフのルールブックを開くと、マナーについての解説が記されている。自分たちが遅いときは、後ろの組を先に行かせることもちゃんと書いてある。楽しんでゴルフをすることはよいことだが、人に迷惑をかけていることに気付かないゴルファーには、周りの人が、遅いと言ってあげるといいと思う。プレーの速さにランクをつけ、速いプレーをする人には、料金を割り引く制度があればいいと思う。そのために、『プレーのスピード認定試験』などやってはどうだろうか。

私の知り合いに、プレーが遅くて、マナーが悪いために、誰からも誘われなくなった人がいる。しばらくの間練習場には来ていたが、結局ゴルフをやめてしまった。哀れだけれど、自業自得だと思う。

また、75歳のとき、ゴルフをやめた方がいる。彼曰く、

「俺は、前のように飛ばなくなったうえ、さっさと歩けなくなった。周りに迷惑をかけるから、ゴルフは卒業にする」

彼は、代わりに囲碁と散歩と写真撮影を楽しんでいる。ちなみに、全盛期のハンディキャップは6だった。囲碁はアマチュア6段で、ちゃんと日本棋院の免状を持っていた。そ

の翁が言うには、

「趣味について思うのだが、ゴルフであれ、囲碁であれ、趣味を続けるには、人に優越感を持つことができるか、あるいは自分の腕前が伸びていると感じることが必要なのだ。そうでなきゃあ、やっていたくはないのだよ」

潔いとは、彼のためにある言葉だ。桜が散るように、ある日ピタッとゴルフをやめてしまった。ついでに、彼の最後のラウンドのスコアは、白ティーからのプレーで88だったそうだ。

9ホール終わったとき、山内さんがマスター室で何か話をしていた。キャディーマスターに前の組より先に出してくれるよう頼んだのだ。キャディマスターも前の組が遅すぎるのを知ってはいたが、先に出してくれることにはならなかった。

その日、ゴルフ場は、私に感謝すべきだった。私たちが前の組のプレーを待っている間、私は目土の砂袋を片手に、何十か所ものディポット跡に砂を撒いたからだ。しかしそんなよいことをしても、私のスコアは、46・41の87だった。

待たされたせいか、事件のことが気になっていたせいか、どちらにしても、精神的な弱さがスコアに反映していると思う。

桔梗は、41・43の84。いつも通りのさわやかゴルフ。よく走るし、人のボールも探してやる。ピッチマークを直したり、目土をしたり。立派なものだ。初めてスコアで、桔梗に負けた。

今までの私だったら、風呂にも入らず、練習場へ直行して、反省しながらボールを打つのだが、今日は、桔梗と一緒に来たし、のんびり帰ろうと考えていた。

車の中で、桔梗が言った。

「ねえ、今日のスコア不満でしょう。練習してから帰る」

「いやあ、桔梗と一緒だから、今日はもう練習はいいや。お風呂に入ったし、やめとこう。それより、夕ご飯一緒に食べていこうよ」

「いいわね。じゃあ、私にごちそうさせて」

「いいよ。俺出すよ」

「このところいろいろ心配かけているし、車で送り迎えしてもらっているし、お礼がしたいの。南仏料理なんてどう」

「いいね」

と、話しているところで、桔梗の携帯電話が鳴った。桔梗は、

「警察からよ、きっと。はい、深沢です。あ、高橋さん、お世話になっています」

警察からの電話は、私たちにとって、とてもよい知らせだった。桔梗が、今林にけがをさせたという場所には、防犯カメラが設置してあった。その映像から、暴力を振るったのは、今林のほうで、桔梗は被害者であることが、確認されたということだった。

高橋は、反対に今林を訴えるかと聞いてきた。しかし、桔梗は、会社の上司とも相談したいので、後で連絡すると返答した。

「実はね、あそこのコインパーキングには、防犯カメラがあること知っていたんだ。今林が現れたとき、なんとか、あの場所まで行くことができてよかったわ」

「それで、桔梗は、自分が悪い立場にはならないことが、分かっていたのだな」

「それで、今日のゴルフも、のびのびできたのかもしれないわね」

「だったら、早くそのことを話してくれればよかったのに」

「ごめんなさい。でも、カメラが作動していなかったということもあるから。でも、よかった」

車の中で、私たちは、ハイタッチをした。

もちろん、ビストロなんとかっていう居酒屋のようなレストランの、南仏料理もスパイスが利いていて最高だった。

第14章　部長の判断

月曜日、夕ご飯を食べているところへ桔梗から電話があった。会社でのことを聞いてほしいというので、私は、桔梗の部屋まで行って、話を聞くことにした。

月曜日に、桔梗が出勤すると、すぐに上司の岡山課長に呼ばれた。課長の前に行くと、彼は、椅子から立ち上がり、

「深沢さん、いろいろ今林には迷惑なことをされて、大変だったね。もう少し早く私たちが彼に対する監督を厳しくしていれば、君や、安田さんに嫌な思いをさせなかったのだけれど」

「ありがとうございます。でも、もう大丈夫です。あの方の本当の姿が皆さんにも分かって、これ以上周りの人たちに不快な思いをさせることはないでしょうから」

「そうだね。そこで、人事部長がこれからのことについて、君と話したいということなんだ。今から私と人事部へ行ってください」

桔梗は課長とともに、支店ビルの上の階へ行った。

人事部の部屋に入ると、部長は、専務の谷田と小声で話をしていた。専務とは、本社の専務であり、格付けは支店長より上だ。

岡山課長が、二人の上司に挨拶した。

「おはようございます。深沢さんを連れてまいりました」

人事部長が、自分のデスクの椅子に座ったまま、

「おはようございます。課長、ご苦労様。深沢さん、いろいろ大変でした。ずいぶん心配もしたでしょうし、嫌な思いもしたことでしょう。別室で話しましょう」

そう言って立ち上がった。専務は、何も話さず、部長のデスクのそばに立ち、桔梗と岡山課長をかわるがわる見て、うなずいていた。

四人は、来客用の部屋に入った。ソファとテーブルがあって、六人がゆっくり話せる部屋だった。企業の支店にある部屋としては、悪くない部屋だ。

部屋に入ると、ドアに近いソファに桔梗が座り、横に課長が座った。桔梗の前に人事部長、隣に専務が座った。人事部の女性がコーヒーを持ってきた。

「警察からの連絡を聞いて、ほっとしたことでしょう」

専務が切り出した。

「深沢さん、今度のことについては、あなたには、本当に辛い思いをさせてしまいました。早くに、今林係長に対して、きちんとした処置をしないでしまったことについて、申し訳なく思っています」

桔梗は、多少面食らった。専務が、一社員に謝っているのだ。上司のほとんどは、自分に落ち度があっても、それを認めたり謝ったりすることは稀だ。あっさり、悪かったと言われては、桔梗も三人いる上司に何も言えなくなってしまった。もっとも、専務は本社で人事も掌握する立場だ。支店のトラブルは、支店長までで解決するのが普通だから、専務としては、自分の責任はほとんど感じてはいないだろう。

人事部長が、

「深沢さん、会社としても、彼の不適切な行動は、承知してはいたのですがね、だからといって退職を迫ったりはできず、転勤を模索していたところなのです。そこへきて今度の事件でしょう。今林の非が明らかになった今、会社としては、強い態度に出られるということですよ」

桔梗は、黙って話を聞いていた。部長は続けて、

「そこで深沢さん、あなたの考えを聞きたいのだが、彼を名誉棄損なり、暴行ということで、訴えることもできると思うのですが。君はどうするつもりですか」

桔梗は課長のほうをうかがった。桔梗と目が合うと、課長は、

「率直に考えを話してください。あなたは、いわば被害者なのですから、希望とか、考えていることとか、話してください」

桔梗は、一度、深呼吸をした。

桔梗は思った。『いわば被害者』とは、引っ掛かる表現だ。実際『被害者』だ。なんとなく桔梗は、課長の言葉から、今まで今林をかばってきた気持ちが、言葉に出たような気がした。

桔梗はそれまで、ややうつむいて話を聞いていたが、ゆっくり顔を上げた。深呼吸の理由を言ってやろうかと思った。しかし、桔梗は静かだがはっきりと、思っていることを話した。

「今林係長には、私たち女子社員はいろいろと不快な思いをさせられました。そのことは、課長や、部長のお耳に入っていたと存じます。今度のことで、彼の本性がはっきりと分かったことと思います。私が、彼にけがをさせられたことは事実ですし、今、私は彼をとても恐れています。彼を告訴するかどうかは、よく考えてから決めようと思います。しかし、私が暴行を受けたことは事実ですから、何らかの罰が彼に与えられていいと考えています。それ

と、もう彼と一緒の職場で働くことは、無理だと思います。これは、私や、多くの同僚も同じ考えだと思います」

部長が桔梗の話にうなずき、ゆっくり話し出した。

「深沢君、彼を君たちと同じ部署で働かせることはないと思います。まだ、会社として彼の処遇をどうするかは決定していないので、今君に話すことはできないが、それはない。しかし、会社としては、今回のことが世間に取り上げられ、会社のイメージに傷つくことは避けたいのです。それは分かってほしいのです」

桔梗は、うなずくと同時に誰も飲み始めていないコーヒーを見た。そもそも社員の話の場に、コーヒーが運ばれるなんて異例だ。一応、雰囲気作りのために用意させたのだろうけれど、会社側である上司たちの考えに桔梗を納得させることが狙いなのだと桔梗は思った。

もとはといえば、人事部長の決断力のなさが、今林を許し、今回のような事件を起こさせてしまったのだ。そのことを言ってやろうかとも思った。しかし言ったところで、桔梗たちに対する待遇を改善するような人たちではない。自分の身を守り、事なかれを通して、出世をもくろんでいる人たちだ。また、今林が言っていたように彼には後ろ盾がいる。会社の幹部か大株主か、それは分からない。しかし、そんな人の顔色をうかがう小心者たちだから、一女子社員を呼んで、考えを聞いているのだろう。

桔梗は、三人の上司たちの本音が、今林を訴えることは避けてほしいということだと思った。だからといって訴えるなとは、言えない。彼らは桔梗をなだめ、会社にとって、また、自分たちにとって都合のよい行動を求めている。つまり、訴えないことを。

桔梗は、それを察して、訴えるかどうかの答えを保留した。今林の行動に対する処置を保留してきて、女子社員たちに辛い思いをさせてきた責任は、人事部長にある。課長も、直接の上司として、きちんと注意をし、不適切な行動をやめさせられなかったことに責任がある。

彼らは、桔梗の態度を見極めようと、今朝この部屋で話をしているのだ。桔梗は、態度をはっきりさせないことで、上司たちがどうするのか見たいと思っていた。桔梗は、

「よく考えて、訴えるかどうか決めたいと思いますが、それでよろしいでしょうか」

人事部長が、

「分かりました。結論が出たら我々にも知らせてください」

桔梗は一人で仕事場に帰った。課長は、その後30分ほどしてから戻ってきた。課長は、桔梗のデスクに歩み寄り、

「深沢さん、さっきはご苦労様。それでね、難しいかもしれないが、なるべく早く結論を出してほしいのだ。会社としても、今林の処遇を決めるうえで、告訴されたかどうかは、重要だから」

「課長、私たち社員にとっては、告訴されたかどうかより、彼が、この職場にいることが耐えられないのです。会社にとって、社員が刑事告訴されたら、イメージダウンでしょうから、穏便に済ませてもらうほうが、よいでしょう。でも、私たちは、彼に会社においても、それなりの罰を与えてほしいのです。どんな罰になるかは、私の口出しすることではないでしょうが。私の希望としては、少なくとも彼を私たちから遠ざけてほしいのです。できたら、こちらに出向くことがないような場所に。今回のことは懲戒免職くらいの不祥事ですよね」

「なるべく遠くにということですか」

桔梗は『免職』という言葉を言ったのに課長は『遠ざける』と言っている。明らかに軽い罰にしたいという思いの表れだと思った。

「一番の希望は、免職です。それくらいのことはしてきたのですから」

「しかし、業績も上げてきたのでなあ」

「そうですか。課長も彼の業績に免じて、今回のことは許してやりたいとお考えなのですか。彼の業績と言いますが、自分で営業して成果を上げたことなどほとんどないことを課長はご存じでしょう」

「いや、私がどう考えるかなんて、重要ではないのですよ。人事のほうでどう判断し、上層部でそれを認めるかどうかということですから」

桔梗は、課長の言い分を正しいとは思った。しかし、自分の考えをはっきり言えないところに不満があった。人事部長に対しても、経過説明と同時に、どう処置するかの意見ぐらい言ってほしい。桔梗は、この種の人間が、自分の責任において判断し、意見を言うことが非常に少ないことを知っている。この会社で係長から課長、部長へと昇進してゆく人の多くは、自分の上司の考えや意見を大事にし、上司の考えに逆らわずに仕事をしたり、判断したりしている。下手に自分の考えを言うより、上司に「御意」と言ってへつらうのが安全なのだ。今回の不祥事については、課長も監督責任を問われて然るべきである。課長も内心はびくびくしていることだろう。もとはといえば課長が自分の職責をきちんと果たせず、今林のような人間を自由にさせていたことが問題なのだ。また、いくら業績を上げているとはいえ、それは今林の力と人間関係などで築き上げたものではない。人の仕事を途中から自分の業績にしたり、会社の上層部からの紹介で取り掛かったりした仕事だったからだ。自分で開拓して上げた業績などほとんどないのは、同僚ならよく知っている事実だ。

　ひと通り話を聞いて、私は、桔梗に尋ねた。

「それで、今林に対して、どんな風にするつもりなの。告訴するの」

「あなたはどうしたらいいと思う」

「告訴はしないほうがいいような気がする。その代わり、遠くに飛ばしてくれるように会社に頼んでみれば。訴えたら、訴えたなりに、時間とエネルギーを使うことになるよ。それに、有罪になったとしても、初犯だし大した刑罰にはならないんじゃないか」

「私もそう思うわ。もし本当に私にこれ以上付きまとったりしたら、法律ではなくて、私が罰を与えるから」

「でも、彼は、あれ1個凍って、摘出したんだろう。かなりの罰だと思うけどなあ」

　桔梗は、微笑んだ。彼女の言う、私刑は、裁判所の下す判断よりかなり熾烈だ。彼女をもう一度怒らせたら、腕の一本くらいは失うかもしれない。私は、私刑の軽重は桔梗が決めることで、私がアドバイスしても聞いてもらえないように思った。

「とにかく、私あの人の顔を二度と見たくないのよ。あの、醜くゆがんだどす黒い唇の気持ち悪さといったら、かびの生えたチーズみたいなものよ」

翌日桔梗は、会社で課長に今林のことを話した。彼を遠くに転勤させ、自分たちの前に現れることがないようにしてほしいことと、今のところは告訴はしないでおくということだ。

第15章　研修会

1週間後、会社から今林に対する処置が発表された。他県の支社の営業部への転勤である。桔梗の同僚の女子社員たちは、ほっとした。彼は、挨拶もせずに、辞令が出た翌日新しい職場に出向いたそうだ。

それから四日して、桔梗は岡山課長から研修会への参加を提案された。研修会とは、将来管理職として仕事をしていくための学習の機会である。これに参加するということは、将来係長・課長と昇進していくことへの布石になっている。誰もが参加できるのではない。また、希望して研修会に参加するものでもない。つまり、会社から選ばれて昇任のための研修をするのである。研修は、約1か月後に始まる。期間は約2週間である。会社の経営理念から始まって、マーケティングに関すること、人間関係論、データの処理と財務諸表について、そして、苦情処理のノウハウなど、それぞれ専門の知識を持った部外者が講義する。

ケーススタディーをして、最後に簡単な論文を書いて終了するというものだ。

課長は、桔梗にこの話をして、付け加えた。

「深沢さん、研修は断ることもできますが、あなたにとっては、よいチャンスではないでしょうか。普段からあなたは、他の社員から信頼され、いろいろ相談を受けていましたよね。あなたのリーダーシップをもっと伸ばし、経営がどういうものかを勉強してはいかがですか」

桔梗は聞いた。

「この研修会に参加するということは、何か条件があるのですか」

「そんなことは全くありません。ただ、研修を終えたら、ずっと今の職場にとどまることはできません。会社としても、将来あなたに経営陣の一人になってほしいわけです。だから、他の部署への転勤は覚悟しなければなりません」

「返事は、いつまでにすればいいでしょうか。少し考えたいので」

「3日間の内に決めてください。期待していますよ」

桔梗は、私に相談した。私は、相談されても桔梗の会社のことはよく分からないし、困った。

「とりあえず、研修を受けてみたらどうだろう。その間に仕事が溜まって、後で辛い思いをするのなら別だけど」

「研修中の仕事は、同僚がカバーしてくれるので、その心配はないのよ。問題は転勤で、どこか遠くに行かされることなの」

「でも、今のままでも、転勤することはあるんだろう」

「あるけれど、理由があれば、同じ職場にいることも可能なのよ。その代わり、昇進はなくなるけれど」

「桔梗は、能力もあるし、期待もされているわけだから、研修を受けて、昇進を目指して頑張ってみたら。僕は、離れて暮らすことに反対はしないよ」

「いいの、私が遠くへ行ってしまっても」

「うれしくはないよ。もちろん。だけど、今のままでは、平凡な会社員として働くことになるよ。それでもいいの」

「私は、昇進して、自分がこんなに素晴らしいとか、能力が優れているとか思われることは望まないのよ。会社以外にも私を認めてもらう場はたくさんあるし、仕事で頑張って、偉くなるなんて、私の生き方ではないわ」

「それもそうだね。桔梗の素晴らしさは僕も認めるよ。ゴルフはうまいし、気遣いも素晴らしいし、美人だし」

「ありがとう。ゴルフと気遣いは褒めてもらってうれしいわ。美人ということについては、どうかかな。もし、美人だとしても、それは両親からもらったものだし。ゴルフと気遣いは自分の努力で獲得したものだから、褒められるとうれしいな」

「で、研修会はどうするの」

「行くことにする。行ったからって、昇進のために働く必要はないし、せっかく受けさせてくれるのだからどんなものか見てくるよ。それに、一体どんな人たちが、研修に参加するのか会ってみたいもの。もし、転勤の話が出たら、断ることもできるし。どうしても転勤ということになったら、会社辞めるもの。会社なんて辞めたって暮らしていけるから」

私は、ひと安心した。本心では、彼女には、いつでも会える場所にいてほしかったから。

第16章　死亡事故

月曜日の朝、桔梗は、研修会に参加するため都内にある本社ビルに向かった。研修会のことは、度々電話で話してくれた。大学で勉強したことをもう一度聞くこともあったし、会社の事情に即して考えなければならない内容もあった。参加者は六人で、桔梗の他は男性だった。しかも、みんな桔梗より年上のようだった。桔梗が言うには、余計なおしゃべりに気を使わなくてよいが、無駄話もできないので、少しストレスが溜まっているそうだ。

研修3日目の午後、桔梗からのメールが、私の携帯電話に入った。

『驚き！　なんと今日　今林に本社でばったり会ったよ　イッチバン会いたくないやつに会ってしまってショック　犬の糞を踏みつけたような感じよ　金曜の夜7時半にはそっちに帰るからよろしくね』

金曜日の夜は、桔梗と居酒屋『満月』に出かけた。昔からの炉端焼きの店だ。ビールを一杯ずつ飲んでから、日本酒にした。桔梗は、私が酒を飲めないくらいに研修のことや、今林に会ったことを話した。私は、「突き出しにいつ箸を付けるんだい」と言って、話を一旦止めたが、結局1週間しゃべらなかった分の話を延々と聞かされた。

やがて、今林の話になった。桔梗は、午後の休憩時間に、研修室の近くの廊下で、ばったり会ったのだ。彼は、これまでに何にもなかったように、ニタッと笑ってすれ違いざま、桔梗の肩を、ぽんとたたき、

「よくもこんな目に遭わせたな。お前、殺すからな」

と言ったそうだ。桔梗は表情を殺して、速足で女子トイレに入った。彼女は水を手ですくい、頬に当てると、目の前の鏡を見て、大きくため息をついた。桔梗が言うには、あのときの薄気味悪い笑顔を見たときは、気分が悪くなったそうだ。それにしても、なんで本社ビルにあの男がいたのだろう。そんなことさえ、考えるのもおぞましいと桔梗は話した。

そんな話は酒の肴にはふさわしくない。私は、

「今林が本社にいた訳はそのうち分かるだろう。それよりおいしいお酒を飲もうよ。ブリカマの焼いたのが冷めちゃうぞ」

私たちはさっと醤油をかけて食べ始めた。

桔梗は話し疲れたのかあまり酒を飲まなかった。出来上がらないレポートが気がかりだと言った。

翌土曜日は、桔梗がレポートを書くということで、会わなかった。私は洗濯をした後、ゴルフの練習をしにいった。

昼に一人で中華料理店に入り、五目焼きそば大盛を注文した。料理を待ちながら、ここ数か月、休みの日は、いつも桔梗と一緒だったことに気が付いた。一緒にいるのが当たり前のように感じていたことについ微笑んでしまった。初めて、ゴルフの練習場で会ったとき、なんて素敵な人なのだと思った。高嶺の花と思っていた人が、今は身近な存在になっていることがうれしかった。また、自分が、彼女にとっても必要な人間であることも幸せに感じた。互いに、別れるかもしれないなどという不安を持たずに、今の関係でいられる安心感があった。

私の不満といえば、日曜日の朝、桔梗から電話が入ったことだ。

「ごめんなさい。レポートがまだ終わらなくって、今日のデートはキャンセルさせて。本当にごめんなさい。今度の休みに埋め合わせするから」

学生じゃあるまいし、レポート書きで会えないなんて。そう思いながらゴルフの練習をしたり、ショップで新しいクラブを試打したりして過ごした。新しいドライバーを振っても、桔梗のことを考えてばかりで、ドライバーでボールを打った感触などどうでもよかった。並の悪ではない今林が、どんな手を使って桔梗に関わるのか、心配だった。

月曜日の早朝、桔梗はまた本社へ、私は自分の学校へ出勤した。日曜日に一緒に過ごす時間がなかったことは、私にとって、かなり不満だった。しかし、自分の時間が持てたことで1年前までの自分の休日の過ごし方を思い出すことができた。

こう思うのも、休みの日にはほとんど二人で過ごしていたということだ。そうしてきたことが、今は二人にとって当たり前のことになっていた。

こうして始まったその週に、とんでもないことが起こった。

火曜日の昼休み、職員室でメールをチェックしてそのことが分かった。今林が死体で発見されたというのだ。月曜日の夕方6時頃、警察官が二人、桔梗のところに突然やって来た。今林の死体が発見されたことを告げ、心当たりがないか尋ねた。また、参考までにと言い桔梗の木曜日と金曜日のアリバイを聞いたそうだ。桔梗は、木曜日は本社で研修を受け、6時頃から8時頃まで本社近くで食事やら買い物をして、会社指定のホテルに戻ったことを話した。金曜日は、一旦家に戻り、私と食事したこと、10時半頃帰宅したことを話した。木曜のアリバイはホテルの防犯カメラの記録で裏が取れるだろう。しかし、金曜日に、私と別れた後は家に一人でいたのだからアリバイはない。それにしても、警察はなんで桔梗のアリバイを確認するのだろう。「念のために」などといっても、疑ってもいない関係者にアリバイなど聞くものか。

桔梗は、研修先に刑事の訪問を受け、決していい気持ちではなかった。会社でも、社員の変死体が見つかったというので、話題になっていた。

火曜日、研修中の桔梗のところに、岡山課長が来た。

「深沢さん、研修中本当に悪いのだけれど、話を聞かせてください」

課長は、ちらっと桔梗の顔を見てそう言ったが、その後は目を合わさずに続けた。

「研修の責任者には、本社の研修担当部長から話が通っていますから、今日の研修は3時まで結構です。そのあと面談をお願いします」

大事な研修を端折って面談とは。研修の終了時刻は5時だ。4、5分の聞き取りでは済まず、数時間もの長い時間何を面談するのだろう。桔梗は、今林のことで会社の上層部は、相当苦慮しているのだと思った。

3時に研修室を退出すると、ドアの近くに岡山課長が待っていた。二人は本社ビルを出て近くのコーヒー店に入った。課長は、コーヒーを、桔梗はミルクティーを飲みながらの面談だった。

課長が切り出した。

「深沢さん、今回は、警察に調査を受けるようなことになって大変でしたね。刑事の聴取は、会社内では、あなたをはじめ、数人に及びました。また、今林のためにご迷惑おかけしてしまいましたね」

「正直、私も驚きました。今林さんが、亡くなるなんて」

「彼が亡くなったことについては、分からないことが多くあるのです。遺体が見つかった場所が、奥多摩のほうで、死因も我々には知らされていないのです。新聞やテレビでも報道されませんでした。きっと警察のほうで規制して情報を流さずにいるのでしょう。あるいは、事故とか自殺かもしれません」

「私も研修中で、亡くなったことすら警察の方が来るまで知りませんでした。課長には、何か情報は入っているのですか」

「はい。彼が死んだのは、金曜日の午後くらいだということです。死因については、解剖が行われたので、その結果が警察に報告されているのでしょうが、会社には知らされていません」

「でも、刑事が私たちのところへ来て、アリバイを聞くということは、事故死とか自殺でない可能性が高いということなのでしょう。一体、何が起こって彼が亡くなったのでしょう」

「会社でも、そこが知りたいのですが、何しろ情報が伝わってこないのです。それと、今林さんは、本社の専務の甥にあたる人なんです。その専務にも今林さんの家族から連絡が入らないみたいです。ということは、今林家にも、死因が警察から伝わっていないということでしょう。まだ、葬儀の日程も決まらないようなのです」

「で、課長、私に何をお聞きになりたいのですか」

「いやあ、何か心当たりがあるかどうか、ただそれだけです。会社でも、情報を集めてこれからの対応を決めていくために、今林さんと関係があった人から話を聞いているのです」

「それでしたら、なにもお話しするようなことは、ありません」


課長との面談を終えて、桔梗はなんとも重い気分になっていた。関わりがないとはいえ、警察や、会社の人間から事情を聴かれることは、気持ちのよいものではない。自分が疑われているかもしれないと思うだけでも、気分が悪い。

その週の金曜日に桔梗の研修は終わった。午前中にレポートを提出し、午後1時から簡単な修了の会があった。

桔梗からのメールが午後入ってきた。

『研修やっと終わったよ　今から母に会いに行って　明日帰るから』

『何か急用?』

今夜はゆっくり会えると思っていたところなのに。私は返信をした。

『母に会って話があるの　心配しないで　明日の夕食一緒にお願いします』

特に心配はしないけど、どうして「心配しないで」なんてフレーズが入るのだ。逆に心配になる。今夜帰ってきて私に会うより、大切な話で母親に会うなんて、一体どうしたのだろう。

その日私は、職場で国語科の会議があった。事務的な連絡と国語科の研修の内容に関する確認だった。またまた同じ話の繰り返しで午後の貴重な時間が奪われるかと心配したが、その日の会議は40分ぐらいで終わった。

自分が担任している学級の戸締りを確認をしようと、廊下を歩いていると、杉野千南《ちなみ》先生に会った。私より、4歳年下で、私たちの高校に新任の教諭として赴任した人だ。科目は英語。なんでも3年間アメリカに留学していたそうで、教員としては優秀なのだそうだ。高校では、教科ごとに仕事をすることが多く、彼女と話したことはあまりなかった。懇親会の席で、少し話したことはあったが、二人で会って話したことはなかった。しかし、懇親会のときの印象では、英語科のくせに、妙に漢学的素養があって、日本文化が好きと言っていた。私が、それならば国語科に来て、古文の先生になればよいと言った。彼女は、太田先生の国語科の免許状を貸してくださったらそうするわと答えて、笑っていた。私が、杉野先生の魅力に負けていたら、次の日免許状のコピーでも持って彼女のところに行ったと思うが、残念ながらそのときは、桔梗に夢中だった。

その杉野先生が、廊下で私に聞いた。

「太田先生、ゴルフ趣味なのでしょう」

突然の質問。うそをつく必要もないので、

「はい」

と答えた。彼女は、私と同じ方向を向いて、私の横を歩き始めた。私の学級の教室のほうに向かいゆっくり歩きながら、

「ゴルフって、難しいですか」

「はい。難しいと思います。何年やっていても、もっとうまくなると思えるし、何年間もやっているのに、たくさん失敗をしますから」

「私も始めたのですが、なかなか楽しめるようになりません。母親たちとコースに出るのですが、いつもバタバタしてしまいます」

「長くやっていれば楽しめると思います。競技としてのゴルフを目指すのは大変ですが、プレーを楽しむのだったら、よいスポーツだと思いますよ」

「厚かましいお願いなのですけど、手ほどきしてもらえませんか。大学の授業にゴルフがあって受講したのです。卒業して何度か練習場に行ったことがあります。でも、そのときは趣味でやろうという気持ちはなかったのです。その後時々母親たちとラウンドするようになりました。で、今もっと上手になりたいと思うのです」

「いいですよ。じゃあ、一緒に練習場に行きましょう。いつにしましょうか……」

「あのう、今度、練習に行くとき連れてってください。いつでもいいので、太田先生の都合のよいときにお願いします」

「分かりました。練習楽しみにしています。私は、仕事の後、週に3回くらいは、練習場に行きますから」

　調子よく話を合わせたのはよかったが、ちょっとまずくはないかと思った。桔梗も練習場に来るのに、同僚とはいえ、年頃の女性を連れて行くのはどうだろうか。しかし、今更断るのも悪い。まあ、桔梗に紹介して、一緒に練習すればよいだろう。そのときは、軽く考えていた。

第17章　真相

土曜日の昼少し前、桔梗が駅に着くという連絡がメールで送られてきた。私は車で駅に迎えに行った。指定の場所に車を止めて待っていると、3分ほどで桔梗が歩いてきた。黒のキャリーバッグを右手に持ち、左肩にやはり黒の2ウェイバッグを掛けている。研修用のスーツからラフな服に着替えていた。3月の初めとはいえ、風はまだ冷たかった。暖かい駅ビルから出てきた桔梗は、コートの前を開けていたが、寒さに驚いたようにボタンを留めながら歩いてきた。

助手席に座りながら、

「迎えありがとう。助かる。実家はまだ寒くて震えちゃったよ。おいしいお酒もらってきたよ。大吟醸のしぼりたて。ラベルなしの出来立てほやほやよ」

「絶対においしいよ。昼間から飲んじゃおうか」

「じゃあ、食材を買って、私の家で飲もうか。私料理するから」

「いいね。でも、あまり手間のかかる料理はしないでよ」

「あら、なんで。私の手料理食べたいでしょう」

「だけど、研修やら実家への移動やらで疲れているだろう。いいお酒があれば、十分だから」

「気遣ってくれているの。ありがとう。じゃ、簡単にできるもの作るわ。魚肉ソーセージの輪切りとか。そんな料理で満足してくれるあなたが素敵よ」

桔梗の家への帰り道、スーパーで牛肉、卵、生鮭、キノコ類、菜の花のつぼみや野菜類、チーズなどを買い込んだ。桔梗は、留守にしていたので、家の冷蔵庫が空っぽだからと言って、少し余分に食材を買った。


桔梗はあまり時間をかけずに、料理を作った。私たちは、久しぶりに一緒に酒と食事を楽しんだ。

「ところで……」

桔梗が、今林のことについて話し始めた。

「実は、今から話すことを聞いたら、あなた、きっと驚くわ。実は、彼の死は、私の母の仕業だったの」

桔梗は、単刀直入に話し始めた。私は、どう反応してよいのか分からず、じっと桔梗の顔を覗き込んだ。桔梗が実家に戻ったのは、そのことを母親に聞くためだった。

「警察からの情報では、彼の死について何も分からなかったのよ。それで、私、もしかしてと思って母に確かめに行ったの。だって、あの今林が、自殺するなんて考えられないでしょう」

桔梗が母親から聞いたことは、私にとっては大きな重い判断を迫る結果となった。

桔梗の母は、桔梗に対する今林の行動を聞き、彼をわがままで、卑怯な男だと考えた。桔梗が研修中に、再び彼に出会ったということから、母親は、桔梗の身を案じ、今林に会いに行ったのだ。

「お母さんは今林の顔を知っていたの」

私は聞いた。

「以前私が襲われたときに、会社で撮った写真を見せたのよ。母は、本社に偽名で電話を入れて、今林に都内で会ったそうよ。今林は、母に、見せたいものがあるから車に乗るようにと言ったんですって。それから奥多摩まで行ったの。母は、何を見せるのかと聞いたんだけれど、彼は何も言わずに、運転して、川のほとりに車を止めたの」

淡々と話している桔梗は、まるで物語を読み聞かせているような態度だった。私のほうも、重大な事件が引き起こされたという感覚は、持てなかった。

「母がもう、私には関わらないでくれるよう話したの。そしたら、彼は、私を本気で好きだったと言ったんですって。好きならなぜ私を襲ったのか聞いたの。そしたら、襲ったことなんかないと言ったそうよ。母は、私との関係を今林に話していなかったの。母は若作りだから、誰も私の母だなんて思わないでしょう。彼は友人か何かだと思ったようだけど、もう、彼を信用できなかったのでしょう。母は、彼の脳を凍らせたの。東京都では、死因の分からない死体は、行政解剖されるの。死の原因なんて全く分からないから。医者は、分からないでは済まないので、何かしら死亡の原因を特定したってことでしょうね」

「驚いたなあ。桔梗には悪いけど、何も殺さなくてもいいと思うけど」

「それは、母の判断よ。母は、今林が相当危険な人物だと判断したそうよ。なぜって仕事関係の話で会いたいと誘い出したのに、今林が母に関係を迫ったのよ。しかも初対面なのに。奥多摩に母を連れ出したのも母を襲おうと思ったかららしいのよ」

「桔梗のお母さんが、命をもてあそぶわけはないし、相当悪い奴だと判断したのだろうね。ところでお母さんが今林の車に乗っているところを監視カメラでチェックされていないかなあ」

「それは、大丈夫。母は、後ろの席に座っていたし、変装していたので、まず分からないって言っていたわ。それに、車にも指紋を残していないから、まず足がつくことはないって言っていた」

「そうかあ」

「その車の中で、今林は、後ろの席に移ってきて、母に抱きついたんですって。母の首に右手を回すと、左手で胸を触ってきたの。あのゆがんだ口が母の顔に近づいてきたとき、母は静かに言ったんですって。『あなた、女性を大切にしようって心はないの?』でも、あの男はやめようとしなかったの。で、母は優しく眠らせてやったって言っていたわ。母は、微笑んで、彼の脳を凍らせたんですって。ね、母や私を怖いと思う?」

「すごい能力を持っていることは分かっているけど、あまり怖いとは思わないな。今林を殺してしまったことは、お母さんの判断だから、俺には何とも言えないけれど、何も殺さなくてもいいかという気はするよ」

「初めて会った女性に力ずくで関係を迫るような非常識な人間なんて、母は許せなかったんだと思う。私も、彼のことは母に話をしていたの。だから、抱きつかれた母は、もう耐えられないと思ったそうよ。それに、同じようにして、これまで何人もの女性を餌食にしてきたことだし。ねえこの辺の罰を与えることについての感覚は、あなたとは違って、厳しいかもしれない。私は、タマ1個で勘弁したけど、母は命を奪ったのよ。どう、怖いと思う」

「人間は、自分の想像以上の能力を持っている者には、畏怖の念を持つよね。俺は、桔梗を裏切らないけど、誤解が原因で、二人の関係にひびが入らないとも限らない」

私は、桔梗の目を見ながら話していたが、時々目をそらした。桔梗は私の目をじっと見つめ、話をした。

「以前にも言ったけど、私はきちんとした情報と判断で行動しているわ。いい加減な想像とか、間違った判断で、危害は加えない」

桔梗は、きっぱりと言った。しかし、それを信じるのは、私のほうである。桔梗の魅力と能力が、自分に味方してくれればこんなに心強いものはない。しかし、一旦信頼が崩れれば命さえ危うい。

桔梗は、

「あなたは、私たちの秘密をたくさん知ってしまったわ。私たちが、あなたをいい加減な人間ではないと信じたから打ち明けてきたのよ。だからって、私とこれから一生共に暮らせとは言わない。あなたが、私と結婚したくないというならそれは、しょうがない。秘密を絶対人に話さないという条件で私はあなたと別れる。私は、あなたが信頼できる人だと思ったから、今日まで一緒にいたのよ。秘密を知ったからといって、それだけでは危害は加えないわ。私や一族の秘密を守るという約束を守れば」

こんな話をしながら、私の心は、もう決まっていた。しかし、すぐにオーケーの返事はしなかった。

「桔梗、一週間後に返事する。悪いけど、待ってほしい」

桔梗は、私の目を見て目を細めた。そしてうなずいた。もう私の返事は知っているとでもいうような笑みだった。

第18章　プロポーズ

次の土曜日、私は桔梗を夕食に誘った。カレンダーでは、その日は大安だった。私は、シャワーを浴びて、紺のスーツを着込み、軽い香りのオーデコロンを左耳の裏に少しだけ使った。

待ち合わせのレストランに着くと、桔梗はまだ来ていないようだった。予約した席に案内されて座ると、ちょうど約束の時刻に桔梗がやって来た。

「待たせたかなあ。ごめんね」

「いや、少し早く着いただけだから」

桔梗がパンツの黒のセットアップで現れた。会社で着ている紺色のスーツとは違っている。髪はバンスクリップで緩めにまとめていた。華奢な金のネックレスとそろいのブレスレット。クラッチバッグは濃い落ち着いた赤だ。なんとなく化粧も違う。目のあたりの化粧が華やかだ。いつもの桔梗より大人の雰囲気が強い。だが、改めて見ると、真正面から見据えるような澄んだ目に、引き込まれるように思えた。落ち着きのある大人の女性だった。レストランが、あまり明るくないせいもあるのかもしれない。

私が見とれていると、桔梗が言った。

「どうしたの。元気ないけど」

「桔梗がすごく気品があるので。見とれちゃったよ。化粧が少し変わって、別人かと思っちゃう」

「ありがとう。さすが国語の先生だけあって、会話の始め方がお上手ね。それと、こんないいレストランに誘ってくれて、ありがとう」

私は、食事の前に、この前の返事をしたほうがいいと思って上着のポケットに手を突っ込みながら、

「あの、食事の前に、桔梗が分かっていたほうがおいしく食べられると思うんだ。それで、これ……」

ポケットから指輪のケースを取り出した。テーブルに置くと、開けて、指輪を桔梗のほうへ向けた。私は

「桔梗さん、結婚してください」

桔梗は、両手を膝の上に置き、少しの間動かなかった。ゆっくりと息をして、深々と頭を下げて言った。

「ありがとうございます。よろしくお願いします。とてもうれしいわ」

その日の食事で何を食べたのかよく覚えていない。私は、ワインを飲みすぎたようだ。でも、クレジットカードで私が支払ったことだけはちゃんと覚えていた。

日曜日の朝7時頃、私は、桔梗の部屋で目が覚めた。桔梗がキッチンにいた。カーテン越しに日の光が射し込む中で調理をしていた。

「おはよう。昨日はごちそうさま」

「いやあ。泊めてくれてありがとう。昨夜は酔っぱらっちゃって……」

「いいのよ。私も楽しくご馳走食べたわ。2軒目で飲んだジンが効いたようね」

「そうだった。店を変えてジンをストレートで飲んだのが効いたんだ」

「でも、あなた酔っぱらっても紳士だったわよ。私に優しかったし。もう寝るよ、お休みって私が言ったら、シャワー浴びて、ちゃんとベッドで寝たし」

「ああ、ごめん桔梗のベッド取っちゃたんだ。どこで寝たの」

「あなたの横で」

顔を洗っていた私は思わず桔梗の顔を見た。桔梗はにっこり微笑んで、

「あなた、せっかくもらった風船を、何かに驚いて飛ばしてしまった子供のような顔をしたわね」

それは驚くだろう。今まで一緒に寝たことなんかなかったのだから。

コーヒーを私に差し出しながら、言った。

「狭かったけど、悪くなかったわ。私がくっついていったの気が付かなかったの？」

「寝て、目が覚めたら朝だったんだもの。気が付くはずないよ。なんだ、もったいないことしたなあ。おいしいね。コーヒー」

「もったいないって、なんでよ」

「だって、桔梗さんが添い寝してくれたのに、気か付かないなんて、一生の不覚じゃないか。夜、目が覚めたら襲ったのに」

「ああら残念。飲みすぎたのが失敗だよね。今から一緒に寝る？」

プッとコーヒーを吐き出しそうになったが、こらえた。

「長く付き合ってきたのに、キスだけだったからなあ。あなたよく耐えたわよね。もう一度

寝る。それともゴルフの練習に行く?」

ゴルフの練習に出かけたのは、それから2時間ほど後だった。ちょうど、日も高くなり、畑の端に出ていたフキノトウに早い春が感じられた。

第19章　再会

日曜日の昼近く練習場に行こうと、私の車に乗り込んだときだった。杉野先生からメールが入った。

『暇です　いつでもよいので　練習　連れてってください』

句点のない文章だった。ついでに絵文字もあった。メールを返す前に、桔梗に杉野先生のことを話した。あれこれ話すとかえって誤解を招くと思ったので、さらりといきさつを話した。桔梗は、

「あら、いいじゃない。三人で練習しましょうよ。女性の先生ってどんな方か会ってみたいわ。それに、あなたがいつも、一緒に仕事をしている方でしょう」

「あのさ、一緒に仕事はしていないよ。国語科と英語科とは、別々に働いているし、そんなに親しいわけでもないからね」

「そうなの。今から来ないかってメール送れば。その先生あなたに気があれば、飛んでくる

かも」

「そんな気はないと思うけど。じゃあ、メールしてみるよ」

私たちが、練習場で打っていると、40分ほどして杉野先生がやって来た。

「おはようございます。太田先生、突然すみません。遠慮なく来てしまいました。よろしくお願いします」

桔梗と私は、隣り合った打席で打っていた。しかし、私たちの近くに空いている席は、なかった。杉野先生は、5席ほど離れた席にキャディーバッグを置くと、私たちのほうへ歩いてきた。

「おはようございます。杉野先生、こちら深沢さんです」

桔梗を紹介しようとすると、杉野先生が、

「えっ、深沢先輩、覚えてらっしゃいますか。杉野です。杉野千南です」

「ああ、幅跳びの杉野さんだよね」

杉野先生は、桔梗より2級下で、大学の陸上部の後輩だった。

桔梗が杉野先生を紹介した。

「杉野さんは、走り幅跳びで期待されたアスリートだったのよ。確か、6メートルを超えてたんじゃなかったかなあ」

「はい。6メートル33センチが最高記録でした。でも、幅じゃあ限界だと思って、2年生からは、三段跳びをやったんです。関東学生のとき、13メートル42を跳んだんです。でも、イマイチでしたね」

杉野先生は快活に話をした。

「深沢先輩こそ、100メートルの花形でしたよね。私は、短距離で勝負できなかったので、跳躍に移ったのですが、先輩はインカレと日本選手権で、入賞しましたよね」

「そう、昔のことね。あなた3年生になったときにアメリカの大学に留学したのよね。陸上競技の話は、もういいでしょう。過去の記録より、これからのゴルフに打ち込みましょう」

私は、二人が知り合いだったことに驚いた。さらに、二人とも、同じ大学の陸上部の選手だったとは。また、記録も素晴らしいことを、二人の話から知ることができた。

それにしても、桔梗が大学生だったときのことなど、ほとんど知らなかったので、杉野先生からの情報には驚き感心もした。

少しの時間話をして、三人ともゴルフの練習を始めた。私は、少し打った後、杉野先生のところへ行って、後ろのほうから練習を眺めた。

『初心者』と本人が言うよりは、かなり上手だといえる。当たったときのボールの強さは並みの女性よりはるかに強い。もしかして、桔梗以上かもしれない。職場では、スカートとブラウスとか、パンツスーツとかで、スポーツをガンガンやっていたことなど、ひと言も言わなかったので、陸上競技部だった話を聞いて、尊敬の念を抱いた。

杉野先生のゴルフは、スタンスが少しクローズで、打つ方向に対して、肩が開き気味である。非力な人が、ドローボールを打つようなスタンスに対し、肩の向きが、オープンなので、飛んでいくボールは、フェードである。

私は、杉野先生に聞いた。

「今でも十分によいボールを打っているけど、何か不満があるの」

杉野先生は、

「実は、よく分からないんです。私、プロの試合をテレビで見て、あんな風にきれいなフォームで打てたらいいと思うのですが。よい打ち方で打てば、体への負担も少なく、ボールも思ったところへ飛んでいくのでしょうけれど」

「実は、僕もすごく上手というわけではないので、どう教えたらいいのか、迷うんです。ただ、杉野先生は、スタンスと肩の向きが、ちぐはぐなので、少しだけ、正しておいたほうがいいと思うんです」

「是非、直してください」

私は、杉野先生に、アドレスしてもらい、両足のかかとに少し触れるように、クラブを置いた。次に、別のクラブを肩の向きに合わせた。かかとに置いたクラブの向きと、肩の線の向きを杉野先生に見てもらった。肩に合わせたクラブは、打つほうより左を向き、かかとに置いたクラブは、右を向いていた。

次に私は、杉野先生のスタンスと、打ち方をまねてボールを打ってみた。ボールは、スライスして、右のほうへ曲がって飛んでいった。私が打ったほどではないが、杉野先生のボールは、いわゆるカットボールだ。その原因が分かってもらえたと思った。

次に杉野先生に打ってもらうことにした。今度は、かかとのクラブを打つ方向に向け、肩のクラブで、体の向きをスクエアにした。

1発目。ダフってボールは、あまり飛ばなかった。2発目。薄く当たって真っすぐ飛んでいった。3発目。悪くない当たりだが、フェードボール。

そこへ桔梗がやって来た。手には、プラスチックのマーカーを4、5個持ってきた。ゴルフ場でもらえるやつだ。グリーン上で自分のボールを拾い上げたときに、ボールがあったところに置くものだ。打つボールをマットの上に置くと、その後方20センチくらいのところにマーカーを置いた。その後ろに5センチくらいの間隔に、真っすぐ並べていった。ボールに近いところから2番目のマーカーは赤、その他は、白だった。最後に打つボールの先30センチのところにもマークを置いた。桔梗は言った。

「赤のマークの上で、クラブフェースを打つほうに向けて。ここで打つ面を作るの。テークバックのときは、並べたマークに沿って30センチ真っすぐに引くの。ゆっくり振り上げたら、切り返して打ちに入るけど、戻ってくるクラブのフェースは、マークの上を通ってきてボールにコンタクトするのよ。赤のマーク上でフェースを打つほうに向けたら、あとは、振り切るの。フィニッシュまできちんとクラブを振って」

杉野先生は、一度素振りしてから、桔梗に言われたように構え、クラブを振り切った。ビシューとクラブを振る音とボールを打つ音がしたと同時に素晴らしいボールが飛んでいった。８番アイアンだったが１２０ヤードの表示板を少し超えたあたりに落ちた。

一番驚いたのは、杉野先生だった。

この一発の当たりで、杉野先生は、ゴルフに開眼したようだった。杉野先生は、桔梗のほうを向いて、礼を言った。次に私に微笑んだ。

さらに杉野先生は、5発ぐらい打った。そのうち、3発くらいはよいボールが飛んだ。

私たちは、自分の打席に戻った。

杉野先生は、初心者などでは、なかった。大学の授業や少しの練習だけで、あんなに打てるはずがない。とすると、杉野先生が私に言った話は嘘《うそ》なのだろう。なぜ、あんなことを言ったのだろう。私は、そのときはたいして気にも留めなかった。

第20章　杉野の思い

火曜日の昼休みだった。私は担任しているクラスで弁当を食べて、職員室に戻ろうと廊下を歩いていた。背後から声がした。

「太田先生、先日はどうもありがとうございました」

振り返ると、杉野先生が微笑んで話しかけてきた。

「先生、ゴルフすごく上手なんですね。私なんかが気やすく教えてくださいなんて言うのは、まずいだろうって思いました」

「そんなことないですよ」

私だって、下手だったときはあった。そのときいろいろな人に教わったりスクールに入ったりして、人並みにうまくなった。どんなレベルのゴルファーでも、一緒に練習することやコースでプレーすることは大歓迎だ。それに杉野先生は下手ではない。そんな話を杉野先生にした。そして付け加えた。

「そうなんですけど。こんな人だけはだめというゴルファーがいるんですよ」

「え、どんな人ですか」

「プレーが遅い人ですよ。プレー中にアドレスして、固まってしまう人や、やたらのんびりプレーする人は、苦手ですね」

「そうですか。私はどれくらいの時間を使う人が遅いのかよく分かりませんけれど。私もプレーの遅い人の仲間かなあ？」

「杉野先生はおそらく違うと思いますよ。遅い人っていうのは、練習場でも、打つのが遅いですから」

「はあ、そういえばうちの母なんか遅いかもしれません。プレー中おしゃべりばかりしていますし、素振りは3回もするのですから。私は母たちのグループでしかプレーしたことありませんから、もしかして、よいゴルファーではないかもしれないわ」

「今度、一緒にゴルフしましょうか」

「まあ、うれしいわ。是非お願いします。土日は暇ですから」

「楽しみですね。計画しますよ。桔梗も一緒でいいですか」

「はい。深沢先輩とも、是非プレーさせてください」

2週間後の土曜日、桔梗と杉野先生と私はゴルフ場にいた。それと私のゴルフ友の一人、森岡さんも一緒だった。森岡さんは私の所属するゴルフクラブのメンバーで、ハンディキャップは11。早くシングルになりたいと思っている。年齢は、33歳で証券会社に勤めている。勤務の関係で、今は東京に住んでいるが、ゴルフのときは出身地の実家に戻ってくる。

「森岡さん、練習していますか」

私が聞くと、

「それが、東京住まいだと、練習場が遠いのと料金が高いのとで、あまりやっていないんですよ。実家に戻ってきたときに思いきり打っています」

「森岡さんは、どこか地方の支店に勤務した方が、ゴルフをする環境としてはよいですよね」

「そうですね。でも、ここからあまりに遠い場所に転勤になったら、こうしてしょっちゅう帰ってきてゴルフってわけには、いかなくなりますから。勤務する場所に合わせて、ゴルフをどんな風にするか考えないといけませんよ」

森岡さんの証券会社の本社は東京にある。転勤については、希望も出せるそうだが、出世したければ、社命によって日本全国の都市へ赴くことになる。

二人を森岡さんに紹介して、ラウンドが始まった。

女性二人は、相談の結果白ティーを使い、私たちは青ティーを使うことにした。白ティーは6200ヤードを超えるので、女性は、赤ティー（レディースティーと呼ばれている）を使うことが多い。しかし、二人は、ドライバーで200ヤード以上打つことができるので、白ティーからのスタートにした。

1番ホールは、森岡さんがボギー、桔梗と私がパー、杉野先生はダブルボギーだった。杉野先生は、第2打をグリーンの手前、25ヤードのところに運んだ。そこから寄せようとしたがカップを7メートルほどオーバーした。パットは下りで難しく、結局3パットしてダブルボギーとした。

ダブルボギーをたたいたとはいえ、杉野先生のプレーは、なかなか上手だった。もし、3打目の寄せでオーバーしなければ、パーかボギーになる。2打目までのショットは、なかなかよかった。

2番目のホールで、杉野先生のゴルフがどういうものか分かるようなことがあった。杉野先生は、第2打をグリーン左のバンカーに入れた。バンカーショットは、うまく出し、ピンの手前3メートル。杉野先生は、靴でバンカーを均すとパターに持ち替えた。

あまり言いたくなかったが私は、

「杉野さん、バンカーの砂、レーキで直しましょう」

「は、はい。すみません」

レーキとはバンカーの砂を均す用具で、バンカーには必ず備えられている。

杉野先生は、母親たちとプレーするときは、キャディーをつけることが多いそうだ。バンカーショットの後の砂は、キャディーがきれいに均してくれるので、足で均せば、済むものと思っていたそうだ。そういえば、プロの試合の放送でも、プレーヤーたちは砂を均さない。それは、専属のキャディーが均してくれるからだ。キャディーが砂を均すところは、放映されない。すると、足で均したり、ひどいアマチュアプレーヤーは均さずに次のプレーに入ったりしてしまう。

杉野先生は、ついいつもの癖が出てしまったのだろう。急いでバンカーを整えた。杉野先生は3メートルほどの距離を2パットで上がった。

3ホール目は、青ティーからは172ヤード、白ティーから138ヤードのパー3だった。計測器を使って距離を測ると、杉野先生が聞いた。

「それ距離測定器ですよね」

私は器具を見せながら、

「このボタンを押すと距離が出るんです。ピンまでの距離が正確に測れるので、かなり便利ですよ」

「便利ですね。この器具使うと自分の飛距離がよく分かりますね」

このホールは、打ち下ろしになり、短めのクラブで打ちたくなるが、向かい風が吹いているので、私は、5番アイアンを握った。振り遅れて、右にプッシュ気味のボールにならないように気を付けて打った。ボールは、ピンの左手前に飛んだ。やはり、風で短かめになった。三人からは、

「ナイスショット!」

と言われたが、自分では、あまりよいショットとは思わなかった。しかし、172ヤードのピンに対して、手前6メートルほどのところに乗れば、御の字だ。

森岡さんは、4番のユーティリティーで打った。ドローボールで、右の奥に乗った。続いて、桔梗は8番アイアンで打った。グリーンまでもう少しのところに行った。風はたいしてないように感じていたが、意外に強いのかもしれない。杉野先生は7番アイアンを使った。ボールはピンまで15ヤードほどに止まった。

三人のショットと比べれば、杉野先生は劣る。しかし、並の女性よりは、はるかによい

ショットを打っている。まず、力強さがある。きちんとしたテイクバックから、振り下ろしインパクトのヘッドスピードは、かなりのものだ。フィニッシュまできちんと振り下半身がぐらつかないところなど、素晴らしい。さすがに陸上競技で鍛えた足腰だと思った。

そういえば、桔梗のことだが、陸上短距離の選手だったとは最近まで知らないでいた。桔梗は、打った後ボールが地面に落ちるまでフィニッシュの形を崩さない。それだけバランスよく振り切っているのと、しっかりした下半身の筋力があるということだろう。

「弘明さん、私の脚見てる？」

桔梗が微笑みながら私に聞いた。

「あ、うん。見ていた。あれだけ強いショットが打てて、フィニッシュが崩れないなんてよい脚をしてるなあって見とれちゃった。ごめん」

桔梗は首をかしげて、言った。

「そんなによい脚だったら、次のラウンドは、ミニスカートにしよう。ゴルフのおじさんたちの注目を集めるかも」

桔梗は、杉野先生のほうを見ながら言った。

「杉野さんもそうしよう。そんなによい脚なら、みんなに見せなくっちゃね」

杉野は、

「分かりました。私ミニスカートないから買ってきます」

森岡はにこにこ笑って、

「そのときは、僕も誘ってくださいね」

杉野のアプローチショットは少しダフッて3メートルほどショートした。しかし、打ち方は悪くなかった。きっとどこかのスクールで、インストラクターに習った打ち方だ。

「杉野さん、ゴルフスクールに入って練習してた?」

次のホールに向かいながら私が聞いた。

「はい。母がレッスンプロに習っているので、私も一緒に教わっていました」

「道理で上手なはずだよ。基礎がしっかりしているもの。それに基礎的な身体能力が高いからこれからますます伸びるよ」

桔梗が、

「そうよ。練習して、また一緒にラウンドしようよ」

「ありがとうございます。深沢先輩とラウンドできるなんて光栄です。だって、先輩は陸上部の憧れの人ですから」

桔梗は笑いながら、

「男性部員にはずいぶんプロポーズされたけど、女性にそんなこと言われたのは初めてよ。うれしいけど、私そんなに大した先輩じゃあないわよ」

私は、二人の会話から、知らなかった大学時代の桔梗の姿を想像した。それも、素晴らしいランナーとしての桔梗を。

四人とも楽しい気分でレストランに向かった。私はゴルフのときは、昼にアルコールは飲まない。飲むと午後の初めの2、3ホールでミスが出るように思えるからだ。

杉野先生が言った。

「皆さん飲み物はどうするんですか？」

森岡は
「僕はビール飲みます。暖かくなってきたので、おいしいと思います」

「弘明さんはどうするの」

「ううん……。やめときます。夜まで水分控えます。桔梗は？」

「私は、白ワインいただきます。杉野さんは？」

「私もビールにします」

乾杯して食事をした。食事中、何人かの知り合いに声をかけられた。自分の所属するクラブでゴルフをするとこれまで一緒にラウンドした人たちと仲良くなる。また、従業員の方とも話すようになる。

煩わしく思う人もいるが、私は知り合いができるのは歓迎だ。一人で申し込んで、知らない人とも幾度もプレーをしてきた。1度ラウンドすると、挨拶するようになり、2度3度となると、親しくなる。それがクラブに所属することの楽しみだと思う。

「先生、今日は女性とご一緒で、楽しそうですね」

「はい、石野さん。楽しいですよ」

「美人さんに気を取られて、スコア崩さないでよ」

「もう崩れていますよ。アルコール抜きでこれから頑張ります」

石野さんは私の苗字を覚えていないと思う。教員だということを話した後は、ずっと「先生」と呼んでいる。ゴルフ場でまでそうは呼ばれたくない。けれど、向こうにとっては呼びやすいし、少しは尊敬の念もあるのかもしれない。

その日のラウンドで分かったことは、杉野先生は、女性としてはかなりの腕前だということだ。ドライバーの飛距離220ヤードというのは、並の女の人には出せない距離だ。もっとしっかり捕まえる打ち方をすれば、あと10ヤードくらいは伸ばせると思う。グリーン周りのショットの技術も磨けば、白ティーから90を切るプレーができるようになるだろう。

杉野先生には、これからどんどん上手になりますよと伝えた。

第21章　告白

学校の4月は忙しい。新入生への対応、年間のカリキュラム作り、転勤してきた先生との打ち合わせなど。また、担任する教員にとっては、生徒の名前を短期間に覚える必要がある。高校1年の生徒については、中学校のときの学習や行動の記録が送られてくる。2年生、3年生は前学年の記録があり、担任はそれに目を通す。

4月の第3金曜日、毎年恒例の転入した先生のための歓迎会が催された。その日は、会議は計画せず、部活の指導や事務処理など全て5時までには切り上げて6時30分集合で開会する。もっとも、部活に熱心な先生の中には6時まで指導して、生徒を帰し、歓迎会に遅刻する者もいる。さして、会の開催に迷惑をかけているわけでもないので、非難されない。高校生同様、最大の自主性が認められている。

私が会場に着き、幹事の先生に会費を払おうとすると、杉野先生が担当だった。

「太田先生、お疲れ様です」

「会計ご苦労様です。お金を扱うのでは、今日は、飲めませんね」

「いいえ、お金は、お酒を飲まない池内先生が預かってくださるので、私飲めるんです。酔ったら太田先生にお世話になりますから心配ありません」

突然何を言い出すのかと思って、言葉が出なかった。私は、笑いながら、

「楽しみにしていますよ」

と返した。

会場に入ると自分の座るべき席に名札が用意されていた。隣の席の名札を見ると、右に高知先生、左に、「杉野」とあった。なんと、また今回の席も杉野先生の隣だ。まあ、むさくるしい男の先生よりはうれしいけれど、周りから勘繰られたり、ねたまれたりしないか心配だ。

ほぼ全員が着席して開会した。杉野先生は5分ほど遅れて着席した。ちょうど、校長が挨拶しているところだった。彼女は目立たぬよう姿勢を低くして自分の席まで来た。

校長は、新しく来た職員を紹介し、新年度の抱負を述べていた。

宴会が始まって、20分ほどすると、席を立ってあちこちで酒を酌み交わすようになった。

杉野先生が
「太田先生何を飲みますか」

「ビールです」

杉野先生がビールをお酌してくれた。そんなありきたりの宴会が始まった。

宴会が始まって小一時間し、自分の席に戻ると、杉野先生も席に戻ってきた。杉野先生の飲み物は、白ワインになっていた。グイッと飲み干すと、グラスの底をテーブルにそっと置いた。そして
「太田先生、この前は、ありがとうございました。また、ゴルフお願いします。先生とゴルフすると、母たちとするより、上達するような気がします」

私は、うれしいのと、杉野先生の積極性に驚くのと半々だった。桔梗という憧れていた女性がいるのに、杉野先生の申し出がうれしいとは不謹慎だ。でも、うれしかったことは確かだ。

「はい。計画します。土日ならいつでもいいですか」

「はい。彼氏のいない私にとって土日は何もありませんから。近いうちに是非お願いします。本当は、後輩の私が計画して、いかがですかというところでしょうが……」

さすが、体育会出身、いいことを言う。

「大丈夫。私に任せてください」

「ところで、太田先生。あの、桔梗先輩とは付き合っているのですか。ぶしつけですみません。私、太田先生が好きなので、気になるのです」

何というストレートな質問。これがアメリカ仕込みの迫り方なのかと思った。しかもこの場所で。

チャラッと自分の気持ちを告白してしまった。

「10秒待ってください」

私は呼吸を整えて、顔のほてりを感じながら答えを探した。私は、

「確かに、桔梗は私にとって、アメリカ流のガールフレンドです。自分にとって大事な人です。せっかく私によい感情を持ってくれているのに、すみません。あの、気を悪くしないでくださいね」

「やっぱり。練習場で会ったときから普通じゃないなって思ったんです。残念。いい男は売れていたか。私の出る幕はないですね。でも、ゴルフには誘ってください。正直落ち込んでいますが、私大丈夫です」

私は、杉野先生の心の内が分からなかった。好きだとコクッた相手に好きな人がいたと知って、落ち込みそうなものだ。しかし、この娘はニコニコしている。太田がだめでも、誰

かがいるさという心境なのかもしれない。杉野先生くらい知的で美人ならモテるだろうから。太田がだめでも、寄ってくる男はたくさんいるだろう。

「こんな席で、こんな話、ごめんなさい。でも、二人きりの席で打ち明けるというのも考えたけれど、振られた後が重たいだろうと思って。ここなら泣くわけにもいかないから、いいかなって」

杉野先生は少し涙ぐんでいた。私は、本当に申し訳なく思った。私は、

「ワインでも飲みましょう。赤と白とどっちがいいですか」

「あの、でしたら芋焼酎をロックでお願いします」

好みの酒をアルコール類のコーナーから持ってきた。私は白ワインを持ってきた。

「はい。どうぞ。芋焼酎好きなんですか」

「あの、正直いうと、ほんとは日本酒が好きなんです。でも、宴会用の日本酒は純米吟醸などと言っても、あまりおいしくないし、ワインも同じようなものです。芋焼酎は、その点おいしいのが多いので、今日は焼酎気分なのです」

日本酒好きな私が白ワインを持ってきたのも、同じような理由であった。

「私も同じです。私は、おいしいワインは飲みなれてないので、このワインで十分です。焼

酎も飲みますが、なんか酔いそうなので」

私たちは笑い合い、改めて乾杯した。杉野先生の目にもう涙はなかった。白く透き通った歯が美しい。笑うと周りが華やかになる。またきれいな二重の目には、男性を引き付ける力があった。

歓迎会が終わって会場を出ようとしたとき、気心の知れた坂下さんと平井さんという同僚と2次会に行こうということになった。どこに行こうかと話し合っているとき、杉野先生が会場から出てきた。女性の先生に挨拶をすると、私たちのほうへやって来て挨拶をした。

「今日はお疲れさまでした」

私は、

「お疲れさま。幹事大変でしたね。皆に気遣ってくたびれなかった?」

私の質問が終わらないうちに平井先生が言った。

「杉野さん、もう帰るの?」

杉野先生は私のほうを見ていたが、声の大きい大柄の平井先生のほうを向いて答えた。

「いいえ、これから女子会で甘いものを食べに行きます」

「残念。僕たちもう少し飲んで帰ります。こちらに合流しませんか」

「うれしいです。私も、もう少しお酒飲みたい気分なのです。女子会断ってこようかな。先に行っていてください。後から行きますから。場所は、メールで教えてください」

私たちは、宴会場から歩いて、10分ほどの中華料理店へ行った。

坂下さんは、

「太田さん、杉野さんのメールアドレス知っているの？」

「はい。ラインで連絡していますから」

「もしかして付き合っていたりして」

「いいえ、それはありません。俺、ガールフレンドいますから」

同僚二人は、杉野先生が来るというので、上機嫌だった。私は、なんとも複雑な気分だった。杉野先生がどんなことを言い出すのか不安だった。

我々が店に着いて20分くらいして、杉野先生がやって来た。

「遅くなりました」

中華料理店のテーブルは、四人で使うとちょうどよい大きさだった。杉野先生は、私の隣の席に座った。

四人になってビールや紹興酒を飲んだ。男三人は、みな大学のときは、体育会のクラブに入っていた。坂下さんはラグビー、平井さんは柔道、私はテニス部だった。酒を飲み始めたらなかなか止まらない。そこへ杉野先生が入ってきた。我々のペースに影響されてか、早いペースで飲んだ。

話しながら杉野先生は私の肩をたたいたり、膝に手を乗せたりした。まるで長年の恋人が一緒に飲みながら話しているようだった。

やがて、杉野先生は、トイレに行った。ところがなかなか戻ってこない。坂下さんと平井さんは、女性に気を使うタイプではないらしく、時間が経っても心配などしていない様子で飲んでいた。私は、店の女の子に、トイレを見てくるよう頼んだ。

間もなく、杉野先生が帰ってきた。席に座りながら、

「みなさあん、杉野、飲みすぎでえす。酔っぱらうと私自分の顔が気になって、化粧を直してきました」

皆笑った。

それから20分ほどして平井さんが

「そろそろ帰るか」

と提案した。それでお開きになったが、皆杉野先生を気遣った。坂下さんが

「杉野先生、大丈夫ですか」

「はい。もちろん平気です。タクシーで帰りますから」

とは言うものの、心配した坂下さんは、

「太田さん送っていってよ」

と言い出した。体育会系の部活経験者は、上級生になると、自分が酔っていても、後輩の様子をチェックする。一人で返して大丈夫か、危険ではないか、判断して面倒を見ることができる。坂下さんは、ラグビー部のキャプテンだったので、そんなときの判断は確かだ。

私は、店の人にタクシーを呼ぶように頼んだ。

タクシーの中で私のゴルフについて聞かれた。どうでもよい質問だと思ったが、私はまじめに答えた。少しして杉野先生は私の手を握ってきた。視線はタクシーの進行方向なのに、私の手を強く握っている。振り払うのも可哀想なので、そのままにしていた。15分くらいで、杉野先生の家に近づいた。杉野先生は、バッグから財布を出そうとしたが、私が、

「いいですよ。私に任せてください」

と言うと、

「すみません。じゃあ、お言葉に甘えます。ありがとうございました」

と言って、タクシーを降りた。

家に入る前に、こちらを振り返って微笑んで手を振った。走り始めたタクシーの中で、私は、ゆっくり目に会釈をした。


家のベッドに横になって考えた。桔梗と出会って今のような関係と生活になった。しかし、桔梗と出会わないか、杉野先生ともう少し早く出会っていたら、今は杉野先生と一緒にいたかもしれない。しかし、杉野先生が、自分に好意を持ってくれなかったかもしれない。そうだとしたらゴルフのことばかり考えて生活していただろう。人生、タイミングの違いでそのあとが大きく変わるのだと思った。

桔梗にメールしようと思った。12時近かった。『今帰りました　お休み』返信はなかった。

第22章　連休

連休中どう過ごすか相談しようと、桔梗に電話した。暖かくなったし、ゴルフをするもよし、旅行に行ってもよいと思った。すると、晩ご飯を食べながら相談しようということになった。新しい年度の忙しさが残ってはいたが、早く切り上げて、桔梗の家で食べることになった。

桔梗の家を訪ねると、ほんのり山椒の香りがした。

「今日はね、カツオの刺身とタケノコの木の芽和えよ」

「うれしいなあ。それで日本酒買ってきてほしいということだったんだね」

「そう。あなたのことだから、きっとおいしいお酒を買ってきてくれると思ったんだ。この名前、金沢市を流れる川の名前でしょう」

「今日のお酒は、石川県産です。酒屋のおやじに勧められて買ったんだ。今日の料理に合うと思うよ」

夕ご飯の始まりは、7時半を過ぎていた。帰りは運転代行を頼むということにして二人で飲んだ。買ってきた酒は、のど越しがよく香りの高い酒だった。

連休の予定は、特に決まらなかった。旅行するには、予約を取っていない。ゴルフは5月3日に一緒にラウンドすることが決まっていた。とりあえず、二人で過ごすということ以外は行き当たりばったりでいいということになった。

「ところでさ、杉野さんから聞いたのだけれど、飲み会の後で、送ってあげたんですってね。あなたに迷惑かけたって言っていたわ」

「そう。2次会に付き合ってくれてね、杉野先生酔っていたので、家まで送ってあげたんだよ」

「そう。何にもなかった？」

「あった。タクシーの中で、手を握られた」

「そのこと、杉野さん、私に謝っていたの。彼氏の手を握って、甘えてしまったって。なんだかすごく寂しくって、甘えたくなったって。桔梗先輩には隠しておけないから打ち明けるけど、もう絶対にしませんって」

「あのときさ、なんだか手を振りほどくことができなくって、家に着くまで、手をつないでいたんだ。怒るか」

「杉野さん、あなたのことが好きなんでしょう。気持ちを吹っ切る前に、少しだけあなたに甘えたんじゃないの。でも、こんなことはもうしないで。私だって手を握ってほしいのに、あなた優しくしてくれないんだから」

私は、桔梗の傍に寄って、手を握った。桔梗はクスッと笑って、私に抱きついた。

「大丈夫だよ。私は杉野さんのように甘えん坊じゃあないから。その代わり、浮気したら殺すからね。今回は、あなたの優しさゆえのことだから許してあげる」

「ところで、相談があるんだけど」

食事の後にリンゴのパイを食べながら私は切り出した。

「クラチャンを狙いたいんだよ」

「クラチャンって、クラブ競技のチャンピオンのこと?」

「そう。今年のクラチャンの試合は8月から9月にかけてあるんだ。去年も予選に出てベスト16には入ったんだけど、今年はチャンピオンを目指したいんだ。今まで4か月間、ランニングと筋力トレーニングをしてきたんだけれど、試合に向けて、技術的な練習とコースでの実践練習を増やしたいんだ」

「よい目標じゃない。私も協力するわ。それで、具体的にはどんな練習をするの」

「まず、最低週1回のラウンド。それと10ヤードから120ヤードまで、10ヤード刻みに打ち分ける練習。あと、パターの練習。俺は、パターが苦手だから1メートルを確実に入れる練習をする。それから3、4、5メートルの練習。ロングパットの距離感を身に付ける練習もだね」

「仕事の合い間にするの？」

「仕事の後、毎晩練習をする。土日には短い距離を打ち分ける練習、それとパットも」

「素敵な目標だわ。練習やラウンドが思う存分にできる人たちがクラブチャンピオンを目指すのだと思っていたけど、あなたが本気で練習したら取れると思うわ。私協力する」

「ありがとう。早速明日から始めるよ」

その夜は、次の日に着るシャツが桔梗の家にあるということで、泊まることになった。

第23章　練習

次の日の夜から、練習が始まった。

練習場で、150球ほど打つ。この練習場では、フルショットの練習をする。アイアンからウッドまで、それぞれのクラブで、方向と飛距離がイメージ通りに打てるよう練習した。練習場でのショットは、1打目にミスしても、2打目がうまく打てればよいと思いがちだ。しかし、ゴルフ場でのショットは打ち直しがきかない。そのことを想定して練習場でも一球一球大切に打つ。そして、ミスが出たらその原因を考えて次の一球を打つ。しかし、私にとって、思うようなボールが打てるのは、5球に1球くらいだ。後の3球は、方向がずれる。アマチュアは、打つべき距離の10％のずれはしょうがないとあるプロゴルファーが言っていた。しかし、私にとっては、5％が許容範囲だ。100ヤード打つのだったら5ヤードのずれ、150ヤードだったら、8ヤードほどだ。練習場で5パーセントのずれは、平らなマットの上で打った場合だ。ゴルフ場で、平坦な場所からボールを打つことは少ない。必ず、傾斜があったり、長い芝の中のボールを打ったり、時には砂の上のボールを打ったりする。ティーイングエリアでさえ、微妙な傾斜がある。それを考慮して、ボールがフェードになりやすいのかドローになりやすいのか、左に引っ掛かりやすいのか右に打ち出しやすいのか、その都度考えて打たなければならない。アマチュアは考えてもミスが出るものだ。だからこそ練習場ではイメージしたボールを打つことが大切だ。それが、私がずれを5％にした理由だった。

集中して練習していると、時間の経つのが早い。もう少し打ちたいところだったが、帰路に就いた。

家に着くと冷蔵庫を開け、おかずを探した。とりあえず、キムチを取り出した。サバの味噌煮の缶詰を開け、昨夜炊いたご飯を温め、インスタントの味噌汁を作った。「おみそ汁の具」というのを足した。食後にトマトジュースを飲んで、シャワーを浴びた。

その後は、パターの練習をする。地味な練習だが、スコアアップには欠かせない。1メートルから初めて、50センチずつ長くしていく。最長は2メートル。それぞれの距離で40球ずつ打った。

翌朝私は、5時30分に起きて、ストレッチをした。6時から3キロメートル走った。はじめの1キロは6分、残りの2キロは、キロ5分30秒ペースにした。朝からあまり飛ばしすぎるのはけがにつながる。早朝とはいえ、気温は高く、湿度も相当だ。たった3キロのランニングでも汗だくになる。

シャワーを浴びて、納豆と生卵、海苔と漬物の朝食を食べ、牛乳を飲んで、職場に向かった。地方の高校への通勤は、車を使う。トランクにゴルフクラブ一式が載っている。帰りに練習場に寄るためだ。仕事、ショットの練習、食材の買い物、夕ご飯、パットの練習、シャワー、睡眠、朝食、通勤のルーティーンが続いた。変化があるのは、練習場でのメニューが毎日変わることと、夕飯のメニューだった。夕飯のメニューとはいっても、スーパーで惣菜を買ってきたものを食べる。おかずを作る時間をなるべく練習に充てたかった。

練習場では、その日に重点的に練習するクラブを決める。昨日は6番アイアンで低いボールを打つ練習を多くやった。今日はドライバーで狭いホールを想定した打ち方、明日は3番ウッドでマット上のボールを打つ練習という感じだ。

土曜日に、桔梗とアプローチの練習をした。思えば、ここのアプローチ練習場で、一緒に練習したのが始まりだった。今は婚約者として付き合っている桔梗、改めて初めて会った日の女性の姿を思い出した。あれから約1年経とうとしている。いろいろなことがあったが、今では、自分に一番近い女性で離れることのできない存在だ。

太陽を背に桔梗は20ヤードのピッチショットを練習している。私はその姿を逆光の中に見ていた。彼女と婚約者として付き合っていられることが、この上ない幸せに思えた。そういえばあの日の茶色いシュシュを今日も使っている。

ところで、桔梗の何に惚れてこうして一緒にいるのだろう。ただ美しいだけの女性だからではない。知的でもある。運動神経抜群だ。特別な能力がある。私の知らない桔梗の一面が他にもあるようにも思える。しかし、私に甘えたり冗談を言ったりする桔梗は自分を超越した特別な存在ではない。もちろん持っている能力に自分は逆らうことなど到底できない。そんな桔梗と付き合っていることは、私にとってある種の冒険といえる。「至誠天に通ず」という言葉がある。桔梗は天ではないが、至誠の気持ちをもって付き合おうと考えている。きっと自分の冒険において心強い味方でいてくれると思う。こんなことは桔梗には話せないけれど。

翌日、二人でショートコースを回った。そこは、１１０ヤードから３５０ヤードまでのホールが7つある練習場だ。それぞれのホールまでの距離が短いので、ウェッジを多用することになる。また、グリーンが小さい分、乗せるのが難しい。グリーンには全体的な傾きと大きなうねりがある。小さいながらもよく考えて作ってある。しかし、グリーンの手入れはすこぶるよい。乗らなければ、アプローチショットの練習になる。距離が短いからと言って、馬鹿にならないところが私は好きだし、よい練習になる。そして、ここは二人でラウンドできるし、二人でプレーしても割増料金もかからない。また、何周回っても、料金は同じであるのがうれしい。

桔梗はこのコースには初めて来た。曇っていたが雨の心配はない。風もない。

1番ホールは、110ヤード・パー3だ。短いが、右は5ヤードグリーンからそれると、OBだ。ピンの位置はやや奥めで右寄り。狙っていくと右のOBが怖い。私はピンよりやや手前の左側に打つつもりでティーイングエリアに立った。打ったボールは、グリーンの左端に落ち、転がってグリーンをはずれた。

桔梗の番だ。ピッチングウェッジで打った。シュッという音に続いて、ビシュッっとよい音がした。ボールは高く上がってピン手前5メートルほどのグリーン上に落ち、3メートルほど転がって止まった。まるで右側のOBを気にしていないような一打だった。

私は、

「ナイスショット！　右のＯＢ怖くなかったようなショットだね」

桔梗はティーを拾いながら、

「だって練習でしょう。自分のショットを信じて打っただけよ」

「俺も見習わなくっちゃ」

カートに乗ってグリーンの近くに行った。

私は56度のウェッジでボールをピンに寄せた。少し弱かったので、１メートルほど残してしまった。桔梗はパーで上がった。私のパーパットは、少し弱かったため、曲がってホールをかすめ、ホールの20センチ先で止まった。グリーンはきれいだが、いつも回っているコースよりは遅いようだ。次のホールでは、気を付けようと思った。

桔梗は狭いコースに少し手こずるかと思ったが、勇気のある攻め方で、パーを取った。

２番目は３１０ヤードパー4だ。左ドッグレッグのホールだ。ちょうど、１５０から２００ヤードのあたりに打たないと、林があってグリーン方向へは打っていけない設計になっている。飛ばしすぎるとコースを突き抜けて、山に入ってしまう。第1打は、１６０から２１０ヤードの距離に打ち、２打目でグリーンが狙えるようにする。

コースの攻め方を桔梗に説明した。桔梗はクリークを取り出すと、低くティーアップした。ボールの後ろに立ち、打つ方向にクラブを向けた。方向が決まると、一度素振りをして、打った。打つまでのルーティーンが、つながっていて、淀みがない。方向を決めるときとか、アドレスした後とか、一か所でも止まると、見苦しい。プレーが遅いといわれる人は、どこかで止まって考えたり、迷ったりしているのだろうと思う。方向を決め、こうして打つのだと素振りをしたら、構えて、打つ。決して速くクラブをテークバックすることも、力強くスウィングすることもないが、桔梗のボールは、高い弧を描いて飛んでゆく。そして、ボールが芝の上に落ちる頃打ち終えた姿勢を解いてリラックスした。

そんな姿に惚れ惚れしてはいられない。私は、24度のハイブリッドで打った。今度は、フェアウェイの真ん中に飛んでいった。よい当たりだったが、少し飛びすぎてラフまで行って止まった。ラフとはいってもそんなに芝は長くない。練習用のコースということで、ラフの芝が長すぎると、ボール探しや、ミスショットの度に、プレーに時間がかかり、まずいことになる。適当に芝を伸ばすが、ボールは探しやすい。打っても難しさはあまり感じないくらいになっている。

二人とも2打目の地点に来た。私は残り105ヤード。桔梗は115ヤードほどだ。グリーンまでに邪魔するものはない。ただ、手前にバンカーがあって、ピンはその奥に立っている。また、グリーンは、5メートルほど高いので、少し大きめに打っていかないと乗らない。桔梗が先に打った。ボールは、手前のバンカーに入った。桔梗は首をかしげたが、グリーンが高いところにあるのと向かい風であることで、納得して、クラブをしまっていた。

私は、52度のウェッジで届く距離だと思ったが、ピッチングウェッジをやや短く持って打ち、グリーン奥に止めた。奥とはいっても、小さいグリーンなので、ピンまでの距離は、4メートルくらいだった。

このホールは、私はパーを拾い、桔梗はボギーとした。

週末は芝の上から打つ練習をした。ショートコースでもきちんと方向と距離を決めて打つことでよい練習になった。ただ、グリーンまで150ヤードから200ヤードの距離を打つ練習はショートコースではできない。そこで、ここのコースでは、どこでもティーアップせずにショットするようにしている。

「ねえ、面白いもの見せてあげる」

桔梗が言った。そして、150ヤードのショートホールで、ピン方向より、かなり右を向いてアドレスした。そのまま打てば、20ヤードほど右に行ってしまうと思えた。

桔梗はいつものようにボールを打った。ボールは、右方向へ飛び出したが、高く上がると左へ曲がってピンのすぐ近くに落ちた。

私は、驚いて尋ねた。

「今フックしたけど、すごい技術だね。驚いた。インテンショナル（曲げようとしてわざとボールを曲げたのかという意味）？」

「クラブの操作で曲げたのではないわ。私の力よ。つまり、私の能力で途中から左に曲げたのよ。時々、練習しておかないと、能力が鈍るの。見たのは、あなただけよ。秘密にしておいてよ」

「その能力を使えば、桔梗はプロにだってなれるんじゃないか」

「たぶんね。でも、私たちは、能力をそんなことに使ってはいけないの。掟みたいなものがあるのよ。自分の身を守るためと、一族を守るために使うのが基本よ。そして、私たちのことを知らない人間に分からないように使うの」

「そこで、『人間』って言われると、俺が桔梗とは別の種族って思えて辛いなあ」

「辛いなんて思わないで。あなただから、技を見せたのよ。信頼している証よ。それに私たち子供だって作れるし、別の種じゃないわよ」

桔梗の言葉には、荒々しさがあった。私が、別の種族なんて言葉を使ったことが不快だったのかと思った。

桔梗は、

「あなたを大切に思っているの。二人の間が遠いように感じさせる言葉は、私、寂しいよ」

私は桔梗の肩に左手を乗せ、うなずいて微笑んだ。

私たちは、その日コースを3周した。そのあと、パターの練習場で50分ほどボールを打った。パター練習場は、コースに出る前に使う人が多い。しかし、ラウンド後に練習する人は稀なので、午後は空いている。桔梗も飽きずに私に付き合ってくれることがありがたかった。


次の週の土曜日には、アプローチの練習を中心にした。1個のボールをキャッチボールをするようにウェッジで打った。二人の距離は、10ヤードから始めて、30ヤードまで2ヤード刻みに変えて練習した。ボールの落とし場所を決めて、目標までのキャリーを正確にする練習だ。二人の距離が10ヤードだったら、キャリーは7ヤードほどにする。後は転がって、相手のところまで行くようにした。

次の日は、ラウンドした。競技が行われる私の所属しているゴルフクラブのコースを回った。クラブチャンピオンを決める競技は、一番距離の長いティーイングエリアを使う。距離は、およそ7060ヤード。いわゆるブラックティーからのラウンドだ。このティーイングエリアは、普通の客は使えない。クラブチャンピオンに出場するということで使わせてもらえる。昨年回ったときは、予選のスコアは81だった。黒ティーからのプレーはいつも使っている青ティーより4から5打多く打ってしまう。予選通過者で16番目だった人は、84だった。例えば、17番のパー3のホールは青ティーだと175ヤードだが、黒からだと195ヤードになる。パー4のホールでも、ドライバーで少し曲げるとトラブルになる。まあ、予選は通ることはできると思うけれど、油断はできない。いかに本番までに調子を上げることができるかを考えなくてはならない。

帰りの車の中で、桔梗に言った。

「桔梗、今日はよい練習ができたよ。付き合ってくれてありがとう」

「どういたしまして。私も楽しかったわ。それに、本当に真剣にプレーするあなたを見たわ。

改めて、ゴルフがうまいなあって思った。クラチャンになって、お祝いできるといいね」

「頑張るよ。ところで、俺が、クラチャン目指すなんて言ったので、俺たちの結婚のこと先延ばしになっているけど、ごめんね」

「そうだよ。私、忘れているのかと心配していたけれど、覚えていたのね」

桔梗はおどけて答えた。私は、

「明日、婚姻届を出そうか」

桔梗は、

「いいけど、提出の仕方が分からないから、あなたの実家に行って、お兄さんに聞いたほうがいいかも」

そういえば、私のほうの家族に桔梗を紹介していなかった。実家から離れて暮らしているせいか、私の家族に桔梗を紹介するという段取りがまだだった。

また、桔梗の母親には会ったものの、二人の結婚について話してはいない。

桔梗は、

「これまでは、私のほうの問題や研修やらで、二人の結婚についてきちんと話していなかったわ。それに、クラチャンという目標ができて、休みは練習に使いたいでしょう。試合が終わるまで、練習に集中したら。私も一緒に練習するから」

「でも、結婚は二人のことだよ。クラチャンは俺の目標だよ。どっちが大事かって言ったら結婚じゃないかなあ」

「確かにそうだね。けれど、今年挑戦しなかったら、結婚した後、今より練習の環境がよくならないかもしれないわよ。今年がチャンスだから、悔いのないように、十分練習して挑戦してほしいな」

「そうだね。でも、実家に行って桔梗のことを紹介することは、なるべく近いうちにしたいな」

「いつ行くかはあなたに任せるわ。でも、試合の後に行くとしたら、私、この夏は日焼けしないようにゴルフしなくちゃ」

「え、それ本気で言っているの」

「一応、私女性なので」

第24章　私の故郷

私の実家は、父母と兄、兄嫁、甥と姪の六人家族だ。私には、結婚した姉もいる。姉は、東京で暮らしている。結婚して約2年になる。

桔梗と私は、車で実家に向かった。その日は、土曜日。兄は、農業に従事している。兄たちの土曜日は、作物の出荷がないので、のんびりと過ごす。農閑期には、青年部のソフトボールだとか、有志によるゴルフだとかがあるそうだ。女性は、集まって料理をしたり、旅行をしたりする。以前の農家では、出荷のない日でも、何かしらの仕事をしていたが、今は週に1日はきちんと休む日になっているのだ。また、農家の中には、男性が農業をやって、妻は会社で働くなどという家庭もある。または、妻が家で食べる分の作物を作り、祖父母が細々と農業をし、夫は会社員である家庭もある。

兄たちは、夫婦二人で農業をしている。兄は、農業を辞めた家の農地を借り、人を雇ったり、実習生を使って耕作している。したがって、義姉は会社の事務や、農協とのやり取りを行っている。雇用されている人たちは、兄を『社長さん』と呼んでいる。

私たちが実家に着くと、子供たちが車のほうへ駆け寄り出迎えてくれた。

「おじちゃんお帰り」

甥と姪が駆け寄ってきた。私は二人とハイタッチをした。

「今日ね、パパが、バーベキューするんだって」

兄が家から出てきた。手には、野菜や肉を盛ったザルを持っている。

「こんにちは。桔梗さんですね。弟がお世話になっています」

「こんにちは。初めまして。深沢桔梗です。どうぞよろしくお願いします」

桔梗が深々と礼をすると、兄は、

「まあ、家に上がって、お茶飲んでください。昼は、バーベキューしますから」

私の実家には、広い庭がある。テニスコート1面分より広い。しかも、アスファルトで舗装されている。庭に隣接する作業場や、機械置場まで舗装されている。この庭でトラックに作物を積んで、集荷場に運んだり、市場まで搬送したりするのだ。その西側にはシラカシの木があり、付近にバーベキューのかまどがしつらえてある。かまどの近くには梔子《くちなし》の花が咲いていてかぐわしい香りが漂っていた。

まさかバーベキューでのもてなしとは想定していなかったので、桔梗はきちんとスカートとブラウスを着ている。その格好では、汚れるなあと思っていると、桔梗は、うれしそうに微笑んで、初めて会った甥と姪と話をしている。目線を小さい甥と姪に合わせてしゃがんでいる。スカートの裾が、アスファルトに着いているが、気にしていない様子だ。

そのとき、桔梗の携帯に電話が入った。桔梗は私たちから少し離れた場所で、話していた。5分ほどで電話は終わった。桔梗はにこにこしながら私のほうに歩いてきた。

「ヒロアキさん、今林の死因が分かったそうよ。心筋梗塞だって。何をどう調べたかまでは言わなかったけど、高橋刑事さんからだった。報道関係者にも伝えられたので、教えてくれたの」

私は、

「よかったね」

と心から言った。人の命が奪われたのに、まるでテレビ番組の結末を聞いて「よかった」と言っているような自分が、変だとは思った。しかし、これが桔梗たちのやり方だと納得したからこそ、事件にならずに「よかった」という気持ちになったのだ。この感覚は私が桔梗側にいる人間ということなのだろう。

ところで、私はいつ二人の結婚の話を切り出せばいいのか分からなかった。普通なら居間に通され、桔梗を紹介してから、実は、私たち結婚するつもりなんだという話になるところだ。ま、兄たちにはかしこまって結婚しますなんて言わなくても、よいと思う。兄夫婦は私たち二人が結婚するつもりでいることなど、以前から知っていることだから。

ともかく、家に上がると、私の父母が居間にいた。実家の居間は、8畳の和室である。普段は廊下を挟んだ反対側に6畳の和室があり、そこにある70インチのテレビを見ながら過ごす。部屋のわりにテレビが大きいと思うが、その大きさが我が実家の価値観を表している。

今日は客間といったほうがよい和室に入った。私の両親に、桔梗を紹介した。父母は、かなり、緊張しているようで、挨拶が済むと黙っていた。

私は、実家に帰ってくると、隣の部屋にある仏壇に向かい、手を合わせる。私の父母は元気だが、祖父母は他界している。仏壇の置いてある部屋の長押《なげし》には何葉かの先祖の写真が掛けてある。私が子供の頃は、祖父母にずいぶんと面倒を見てもらった。実家に帰ると、祖父母の遺影を見て、心の中で、爺ちゃん婆ちゃんに、息災でいることを報告するのだ。

隣の部屋で、桔梗は私の父に聞いた。

「初めて来てなんなんですが、私もご先祖様に手を合わせてもよいでしょうか」

父は、初めて微笑んで答えた。

「どうぞ、お願いします」

様子を見ていた母が、にっこりとして台所に立った。桔梗が仏壇に手を合わせて、戻ると、母が和菓子と茶を持ってきた。母に勧められてお茶にした。

桔梗は座布団にきちんと正座して茶菓子を食べた。茶碗を手にするときも、大切そうに両手で持ち、上品に茶を飲んだ。私はといえば自分の家にいるのだから、特に遠慮することはない。菓子を食べ、片手で湯飲みを持って茶を飲んだ。その茶はすこぶるうまかった。普段家で飲んでいた茶とは比べようもなくよいお茶だった。父と母は、自分たちの普段使っている茶碗で飲んでいる。おそらく桔梗が来るというので、いつもの茶舗で、一番高いやつを買ってきたに違いない。

父が聞いた。

「深沢さんは、どんな仕事をしているのですか」

まあ、月並みだけれど、話の切り出し方としては、まともだろう。

「はい、食品の輸出入をする会社で、事務の仕事をしています。この辺で生産している梨の輸出などの仕事にも関わっていました。それから日本酒の輸出などの仕事もしています」

日本酒と聞いて父は、少し驚いたようだった。

「日本酒を輸出しているんですか」

「ここ数年で、日本酒の輸出は伸びてきています。今までは、酒蔵が外国の輸出先に直接交渉して輸出していたのですが、私たちの会社が間に入って、5軒ほどの酒蔵の酒をアメリカやカナダ、中国などに輸出しています。輸出に適したお酒を造る試みも2つの酒蔵が協力して行っているのですよ」

父が感心して、酒について桔梗に尋ねた。

「外国で好まれる酒と、日本人が好む酒に違いはありますか」

「海外の方が好むお酒については、今情報を集めているところです。私たちの会社で輸出しようとしているお酒は、どちらかといえば高級なお酒です。値段がよくて味も香りもよい酒を輸出しています。海外で日本酒を飲む場合、晩酌というよりは、日本風のレストランで、飲むことが多いのです」

話しているところに姪が来て、バーベキューが始まることを告げた。

桔梗と二人で、外に出た。炭火の上に網と鉄板が載せてあり、網の上には牛肉の塊と鶏モモがあった。皿の上には、牛肉のブロックがあと2つ載っていた。その横にはエビとホタテ、野菜は玉ねぎとジャガイモ、パプリカなど。ざっと20人分くらいの食材が用意されていた。これが我が家のやり方だ。食材が余ることは気にしない。もし足りなかったら大恥をかくという考えだ。家族の中で、私だけが我が家の大盛、買いすぎの美学に反対してきた。しかし、家族たちのＤＮＡは私の考えなど風呂の中の屁のようなもので、相手にしなかった。兄は、焼けた牛肉と玉ねぎを紙皿に乗せて皆に配った。それが合図だったかのように、兄嫁が家からシャンパンを持ってきた。子供たちにジュースを注ぐと、兄が言った。
「今日は遠いところ桔梗さんに来ていただき、ありがとうございます。それでは、みんなの幸せを祈って乾杯します。かんぱーい」

　桔梗が言った。

「では、いっただきまーす」

　食事が始まった。桔梗は、我が家のやり方に合わせるのが早かった。桔梗の実家で味わいながら酒肴や酒を嗜んだのを忘れたかのように、肉や魚にバーベキューソースをかけてほおばっている。本当に幸せそうな顔で、楽しんでいるように見えた。私は、彼女のどんな環境にでも適応できる能力に感心した。

　私は、ビールを桔梗に勧めた。しかし、車で来ているからウーロン茶を飲むと言って、遠慮した。私に飲むように勧めてくれたが、私も、我慢することにした。父母と兄夫婦は、ビールや焼酎など私たちが飲まないと言ったことに残念がったが、鯨飲していた。

たらふく食べて、もういいというときに、兄が焼きそばを作った。

4時近くに、みんな満腹で、話も尽きた。私たちは、実家を後にした。

第25章　クラブ選手権

8月下旬の日曜日、クラブ選手権の予選が始まった。

予選は、71人が参加して行われた。資格は、ハンディキャップ15以下。スクラッチ競技なので、単純にスコアが好かった上位16人が決勝ラウンドに進む。決勝ラウンドは、マッチプレーになる。1、2回戦は、18ホールで、準決勝と決勝は36ホールで競われる。酷暑の中、36ホールのプレーとなると、技術はもちろん、それを発揮するために、体力と精神力が必要となる。

私は、持久力を養うため、6月から、週に四日のランニングを行った。気温が高い日のランニングは過酷だ。1キロメートル6分ほどで3キロメートル、5分30秒ほどで3キロメートル、計6キロを走った。真夏に走ることは、元テニス部出身なので、苦にはならなかった。もちろんボールを打ったり、パターを練習したりもした。

幸い、8月は授業がないので、ゆとりはあった。それでも生徒の課外授業や、事務的な仕事、研修会への参加などもある。生徒は夏休みだが、教員は生徒と同じように休むわけにはいかない。しかし、年休と特別休暇を取り、できるだけ練習とコースでのプレーに時間を費やした。

クラブ選手権の予選で一番スコアがよかった者には、特別なメダルが与えられる。以前獲得した人のメダルを見せてもらったが、ゴルフクラブのマークをあしらった美しいものだった。また、他の15人にも記念のメダルが贈られる。獲得した者は、それをキャディーバッグにぶら下げておく。まあ勲章のようなものだ。私も持っているが、引き出しに入れてある。

自分の記念にすればよいもので、人に見せようとは思わないからだ。予選通過者は、クラブの掲示板に氏名とスコアが張り出される。クラブのメンバーはそれを見て、自分の知り合いが予選を通ったこととか、どこまで勝ち上がるかとかを予想し、話をしたり通過者を励ましたりする。クラブで、ベスト16のプレーヤーになるということは、ちょっと気分のよいことだ。

私は、一昨年予選を12位で通過した。特にたくさん練習をしたわけでもなかったが、腕試しに予選会に出たら、たまたま通過できた。今思うと、あのときは、ドライバーの調子がよくて、大きなミスがなかったことで、実力以上のスコアが出たのだと思う。また、アプローチショットがうまくピンに寄ってくれた。

今は、そのときより、アイアンの距離を把握したせいで、精度が少し上がり、よいスコアも度々出せるようになった。だからといって、本番で同じようによいスコアが出せるとは限らない。ピンの位置も、普段のプレー日より難しいところに設定する。グリーンのセンターにピンがあるのと奥にあるのとでは、奥のほうが難しい。グリーンの長さは、縦長のグリーンだと40メートルほどもある。中ほどにピン位置をもってきたのと奥にした場合の差は、20メートル弱になる。真ん中あたりにピンがあるホールが400ヤードだとすると、奥のピン位置では、420ヤードほどになる。パー4のホールで、グリーンが20メートル長くなると、難易度が上がる。ピンを狙って、オーバーし、奥に外すと下り傾斜のラインをピンに寄せなければならない。これまた、難しいショットになる。かといって突っ込んでいかなければ長いパットが残る。

私は、練習ラウンドでは、わざと難しいピン位置だったらどう攻めるかを想定してプレーした。また、ある程度分かってはいるが、グリーンの傾斜を詳しく調べた。そして、メモして頭にたたき込んだ。

予選会の第1ホール。朝の気温は、25度。曇ってはいるが、これから晴れて暑くなるという予報の日だった。少し風はあるが、プレーに気を使うほどではないと思われた。

所定のスコアカードが配られ、マーカーが紹介された。マーカーは、自分の担当する選手のスコアを記録する。選手は、自分のマーカーの記録した用紙に署名して、提出する。スコアに間違いのないよう、厳重にチェックしなければならない。

予選では、ハンディー3の北見選手、ハンディー6の中井選手、ハンディー9の浜田選手と一緒の組になった。中井さんと浜田さんは、以前月例競技で一緒にラウンドしたことがあった。中井さんが、私のマーカーになった。私は、ハンディー7。

打つ順番は、ハンディーの小さい順なので、北見さんからだ。北見さんは、我々に、

「お願いします」

と、挨拶してプレーに入った。

北見さんのドライバーの飛距離は、約240ヤードだ。飛ばすほうではないがまず曲げることがない。その日は、パーを続けていった。中井さんは、280ヤードほど飛ばす方だ。アマチュアで280ヤード飛ぶ人はそうはいない。風向きとボールが落ちた場所の傾斜によっては300ヤード飛ぶこともある。中井さんは、ミスが目立ち、前半6オーバーの42だった。浜田さんは、57歳ということで、私たちのゴルフクラブでは、シニアの試合に出ら

れる方だ。ドライバーの飛距離は230ヤード前後で、クラブ選手権に出る人の中では、飛ばないほうだ。しかし、安定性抜群で、ミスが非常に少ない。しかし、競技は、7000ヤードを超える距離で行われるため、苦戦しがちだ。浜田さんは、シニアチャンピオン目指して、いろいろな競技に出て、腕を磨いている。アウトは、41で回った。

私はといえば、ドライバーは、260ヤードくらい飛ぶ。アイアンの切れは、北見さんに遜色ないが、パターのうまさでは、負けていると思う。ハンディキャップの差の4は、その差だと思う。実際、私のほうが、ピンに近い場所にボールを運んだ回数は多かったのだから。しかし、前半（アウト）のスコアでは、2打負けて、彼が、37、私は39だった。

クラブ選手権という一番格式の高い競技会ではあるが、私たち選手は変に牽制することなくプレーしていた。ルールはきちんと守り、妥協することは絶対にない。しかし、今回の予選ラウンドで一緒になったのは、皆さん礼儀正しく素敵な方々だった。和気藹々《あいあい》といっても、プレー中に話をしたり、無駄に動いたりする人はいない。救済を受けるときの位置や、同伴競技者に確認を取るときも厳格にルールを守っていた。かといってプレー中でないときには、差しさわりのない話や、冗談を言い合ってリラックスしていた。

さて、予選の結果だが、私は、アウト39・イン37の76で通過できた。全体の3位の成績だった。これまで、練習してきた成果だと思った。私より上位には、73を出した山中さん、75の宇津井さんがいた。

私たちの組では、北見さんが、37・40の77で5位通過。中井さんは、42・41の83だった。通過に1打足りなかった。昼から、浜田さんはアウト41と健闘したが、インに入るとミスが目立ち、トータル85で通過できなかった。

昼からの気温が、32度ということもあり、体力勝負ということにもなったかと思う。私は、暑いとは思ったが、そんなに疲労を感じることもなく、まあいつものプレーができたと思う。特によかったのは、パターだった。

クラブで風呂に入り、さっぱりした。桔梗に予選通過の電話を入れると、夕食を用意するので、来るように言われた。

家に帰ると、汗まみれの服を洗濯機に入れ、洗濯開始のスイッチを入れた。桔梗のところに行くには、少し早い。エアコンのスイッチを入れ、扇風機もかけた。時計は、5時になるところだったが、昼寝するには遅いし、出かけるには早い。

私は、グラスに氷とヨーグルト、牛乳を入れ、さらにブルーベリージャムを混ぜて飲んだ。まずは、第一の目標である予選通過の喜びをかみしめた。実は、帰りの車を運転しているときから、うれしさが込み上げてきた。通過しただけではなく、3位という順位での通過。しかも、メダリストとの差は、3打だけだ。クラチャンになる可能性がないとも限らない。なぜなら、上位で一番体力があるのは自分だから。

36ホールという長い競技では、体力がものをいう。しかも、8月下旬から9月の初旬にかけての暑い中での競技である。集中力を切らさずプレーをすれば、もしかしてチャンピオンになれるかもしれない。6時少し前、桔梗の家へ出かけようとしていたら電話が鳴った。桔梗からだった。

「桔梗です。あの、今日の夕食は悪いけど、キャンセルさせて。母が急に具合悪くなって、入院したの。私、これから病院へ行こうと思うの」

「分かった。夕ご飯はいいけど、お母さんの具合かなり悪いの？」

「この前会いに行ったときには、体調がよくないけれど、心配はいらないと言っていたの。でも、ここ10日間くらいで悪化して、入院したのよ」

私は、どこがどのように悪いのか聞きたかったが、遠慮した。聞けば桔梗は話してくれるだろうが、今は、一刻も早く、母親のところへ行きたいだろう。私は、

「俺も、一緒に行こうか」

と聞いた。桔梗は、今日明日どうにかなるということではないし、まず自分が様子を見てくると言った。

桔梗は、夕方のうちに会社の上司に連絡を取り、次の日休む段取りをつけた。

私は、桔梗の家まで、車で行き、駅まで送っていった。車中の桔梗の様子は、かなり母親を心配しているようだった。

駅前の降車場で車を降りると、

「じゃあ、行ってくるね。夕ご飯ごめん。予選通過おめでとう」

と言って、駅に入っていった。

私は、桔梗が作ってくれた夕ご飯を、家に帰って一人で食べた。桔梗が作ってくれたおかずの容器に手紙があった。

「予選通過おめでとう。来週からのアツい戦い頑張ってね」

もちろん頑張るとも。でも、今日桔梗がいないとなんか物足りない感じだ。


次の日曜日。

先週の予選に続いて、今日から本戦に入る。

一日目には1回戦と2回戦が行われる。8月下旬の残暑厳しい日に18ホールを2回戦うというのは大変なことだ。本戦だからと言って特別なセレモニーはない。ただ、決まった時刻にスタートホールに集まって粛々と試合をこなしていく。いつもと違うといえば、キャディーが付くことと審判員がカートに乗って随行することだ。キャディーは審判員の乗るカートに積んだ選手のクラブを持ってきてくれたり、プレーについてのアドバイスをしてくれたりする。

私のクラブでは、一人に一人のキャディーが付くので、その良し悪しはかなりプレーに影響する。ただし、誰が自分のキャディーになるのかは、当日にならないと分からない。朝くじ引きで決めるからだ。いつもプレーしている自分の所属クラブでグリーンの傾斜は知り尽くしているとはいえ、キャディーのアドバイスは的確だ。

何年か前の選手権で、自分のミスをキャディーのせいだと腹を立てた選手がいたそうだ。そんな選手にクラチャンの試合に出場する資格はないが、何しろスコアで決着する競技だから、人間性は下品でも本戦に出てくる人はいる。一所懸命にキャディーとしての仕事をしている人を泣かすようなことはしてはいけない。

私は、1回戦は予選14位の方との対戦だった。前半こそ私の1アップが続いたが、インに入って私が2ホール連取し、結局2ホール残して私の勝ちとなった。

2回戦は、予選6位中田さんとの試合だった。アウトでは、私がミスしたせいで、相手の1アップだったが、インの11番で私が取り返し、イーブンになった。13番14番を相手のショットミスで私が取ると、相手は、暑さにも負けたのか、15番で70センチメートルのパットをミスして落とした。そのまま、3アンド2で私が勝った。

一昨年の試合では、競った試合をしていると、不安に駆られたのだったが、今年は、体力も付き、ショットにも自信が付いたおかげで、耐えていれば、自分に流れが来ると思えるようになった。この気持ちの違いがプレーにも反映した。


試合も第3週目に入った。今日は準決勝。相手は予選を2位で通過した宇津井さんだ。宇津井さんとは、以前月例の競技会で一緒にラウンドしたことがあった。もうすぐ50歳になる方だが、年間のラウンド数は、100を超える。会社の社長さんだと言っていた。がっちりした体格で日焼けし、暑さなんかものともしないような方である。問題はプレーが遅いこと。私の最も苦手なプレーヤーだ。しかし、今日はマッチプレーだし、後ろで待っている組もない。私も焦らずプレーに集中できる。

クラブチャンピオンの試合中も一般のお客はプレーしている。その人たちのプレーを止めてクラブチャンピオンの競技が行われる。お客を待たせて先にプレーさせてもらうので、挨拶しながらのプレーになる。時々「頑張れよ」とか「暑さに負けるな」などと応援の声をかけられる。

宇津井さんとのマッチは3番ホールまでは、イーブンだった。4番パー3で私は、7メートルのパットをショートし、残り1メートルをミスして1ダウンとしてしまった。宇津井さんが、

「太田さんパットどうしたんですか。いつもうまいのに」

揺動作戦だ。その手には乗らない。

「ほんとですね。いつもなら入ってもおかしくない距離なんですがね」

こんなやり取りで心を乱して自分のプレーができなくなるほど弱くはないぞ。

次のホールはきちんと2パットに収めた。この日のためにパターの練習も毎日2時間してきた。自信を持って打てば入るはずだと自分に言い聞かせた。すると、6番ホールで、宇津井さんがドライバーショットを右に曲げてしまった。3分探しても、見つからない。暫定球を打っていなかったため、彼は、ティーイングエリアに戻って第3打を打った。結局この

ホールは私が取ってイーブンに戻した。

次の7番ホール、宇津井さんは、さっき右に逃げられたショットの影響かチーピンを打った。チーピンとは、左に大きくフックするボールだ。彼にとっては幸いにも左に立ち並ぶ木の幹に当たって手前に跳ねた。その辺から宇津井さんのプレーが変わった。ほとんどミスなしで無難に来たのに、ショットのミスが多い。

ダフってショートしたり、左に引っ掛けたり。なんとか寄せとパットでカバーしてはいるが、パーを取るために苦労するようになってきた。私はといえばパットもいつも通りに打てていたし、少々曲がっても大きなショットのミスはなかった。

18ホールが終わったときには、3アップで私がリードした。午前10時40分に18ホールが終了したが、そのときの気温は、31度だった。これ以上暑くなると集中力が乱れるかなあと思っていると、タオルで吹き出る汗を拭く宇津井さんの姿が目に入った。

私は、2リットル入りの補水液を持ってきたが、宇津井さんはあまり水分を取っていないようだ。相当な汗かきの上に水分が足らなかったらどんなに上手な人でも集中を欠きミスをするだろう。

ところが、19ホール目、ミスは私に出た。セカンドショットをミスして30ヤードもショートしてしまった。しかもこのホールはピンが手前。完璧なショットをしないとパーを取れない。一方宇津井さんは、汗を振り散らしながら2オンしてピンに向かって上り3メートルのところに付けた。私は、ロブショットで打つか、手前に落として転がして寄せるか迷った。ロブはうまくいけばパーを取れるかもしれない。しかし、普段あまり打たないショットをミスしたのでは、何の意味もない。

一方、ピッチアンドランは跳ねた場所の抵抗で、ボールの速度が変わる。しかし、ミスしたとしても、ボールを思うところに落とすという練習になり次につながる。

結局私はピッチングウェッジで低いボールを打った。しかしボールは、ピンから2メートルばかり先まで行ってしまった。宇津井さんは、3メートルのパットを入れてバーディーだった。私は、

「ナイスバーディー」

とたたえたが、自分のミスにがっくりきていた。

続く3ホールは、ともにパー・ボギー・パーとなり、私が2アップのリードだった。23ホール目、短い右ドッグレッグのホールだった。宇津井さんがドライバーを左のラフに入れた。

ここのラフは、ボールがすっぽり入るくらい長く、しかも密生している。いくら短いホー

ルとはいえかなり厳しい状況となった。しかも、ピンはグリーンの一番奥だ。それを見た私は、ドライバーをやや短めに持ち振り切った。ボールは約240ヤードほど飛んで、フェアウェイに止まった。ここでパーを取れれば引き離せる。宇津井さんの第2打は、長いラフでボールが飛ばず、しかも左のラフまで行ってしまった。

私が無難にグリーン中ほどにのせてピンまでは5メートルほど。対して宇津井さんはピンまで35ヤード。深いラフから寄せなければならない。宇津井さんはクラブのフェースをボールの下に潜らせて打つロブショットを打った。しかし、芝の抵抗があまりに強く20ヤードほど飛んだがグリーンのエッジで止まってしまった。結局このホールは私がパーを取り宇津井さんに3アップとリードを広げた。

この後は、互いに1ホールずつを取り、私にとっては気の抜けないプレーが続いた。しかし、3アンド2で、私が勝った。

第26章　母親の死

月曜日の朝は、1週間の始まりだ。私は、今週職場で予定されていることをざっと思い浮かべて朝食を食べていた。そこへ桔梗から電話が入った。母親が入院している病院からかけてきた。

「おはよう。昨日はお祝いできなくてごめんね。一人でお祝いしたの？」

「昨夜のローストビーフとサラダでワイン飲んでパスタ食べて……。お母さんの具合どう」

「あまりよくないの。担当のお医者さんの言うことには、心臓も肝臓もよくないって。ここ数日かもしれないということなの。今日帰るから、夜会えるかしら」

「看病お疲れさま。仕事早く切り上げて6時30分くらいには、行けると思う」

毎週月曜日の放課後は、学年の教員の打ち合わせとか、国語部の会議とかがある。月末には、全職員の会議も入る。しかし、今週は何の会議もなかった。

私は授業が終わった後、事務処理を急いでやってしまい、急な用事があると言って、5時30分に学校を出た。桔梗に早めに行くことを伝えると、ワインを買って桔梗のアパートへ向かった。

私は夕ご飯を食べながら桔梗の母親の様子を聞いた。私たちは向かい合って食事をしたが、桔梗はずっと伏し目がちで、かなり落ち込んでいる様子だった。桔梗の母親は、今年58歳だそうだ。私がまだ若いと言ったら、桔梗が言うには、そうでもないということだ。桔梗たち一族は、個人差はあるけれど、80歳以上まで生きるのは稀で、およそ65歳くらいになると、急に老けて筋力や体の抵抗力がなくなり、病気にかかったり、内臓を悪くしたりして死ぬということだ。その代わり、60歳くらいまでは、体力的にも、容姿も30歳くらいの若さを保つのだそうだ。今は、60歳くらいでも若づくりの女性はたくさんいるので、怪しむ人はないそうだ。しかし、ひと昔前までは、本当の年齢を言うと不思議がられるので、年齢は秘密にしていたらしい。また、多く人と親しく行き来するということはしなかったそうだ。今になって桔梗たちの寿命について知ったが、だからといって受け入れるしかない。

桔梗の母は、静かな田舎に住み、ごく限られた人とだけ付き合う生活を送っていた。だから、母親が「特別な能力を持った人間」だと分かっていたのは、造り酒屋の主人だけだった。もちろん桔梗の父親は、母の秘密を知って結婚したのだ。そして、母の秘密を、ずっと守って生きていた。

桔梗が高校生のとき、母親は、大学で学ぶことに反対はしなかった。しかし、桔梗の能力が周りの人に知られることは絶対にあってはならないことだと言い聞かせていた。だから桔梗は実力はあったが、目立つ存在にならないために、インカレで優勝することを止めた。

桔梗が、私を実家に連れて行って母親に会わせたとき、私がどんな人間なのかじっくり観察したのだという。酒を飲ませて、リラックスさせ、軽率な人間でないかどうか、本性を見ようとしていたそうだ。また、話の聞き方や話す内容から、自己中心的な人間かどうか観察したそうだ。

桔梗は言った。

「今になって、こんなことを打ち明けるなんて、あなたには申し訳なく思うわ。本当は、もっと早く打ち明けなければならないことよね。でもね、私たちの秘密を守るためには必要なことだったの。それに、私も60代で死ぬかもしれないの」

私は桔梗の目を見て言った。

「桔梗が特別な人だと分かったときほど、驚きはしないし、動揺もしていないよ。だって、他の人に経験できないようなことを俺は経験しているので、むしろ期待するっていうか、楽しいっていうか。それに俺は、桔梗の能力を尊敬している。それと、桔梗を精神的にも支えていきたいと思う。でも、一番言いたいのは、桔梗のことが、好きだということだ。離れて暮らすなんてことは考えられない。いつでも寄り添っていたいということ。桔梗が何歳で死のうが、生きている限り一緒にいたいと思っている」

桔梗は立ち上がると、私の後ろに回り、ゆっくり後ろから腕を私の胸に回し、抱きついてきた。耳元で、

「ありがとう」

と言った。涙声だった。桔梗が悲しくて涙を流しているのではないと思った。私は、立ち上がって桔梗を抱きしめた。

「ところで、桔梗は何歳なの」

「18歳よ」

「じゃあ、俺より二つ下だね」

そんな冗談を交わして、私たちは微笑んだ。

その夜は、桔梗のところに泊まった。

その週の金曜の夜、桔梗は車で母親の入院している病院に向かった。

私は、土曜日にゴルフの練習をして、日曜日のクラブ選手権に臨んだ。日曜日は朝から快晴だった。

9月に入ったのに朝9時に気温は30度になった。クラブチャンピオンを決める試合は、山中さんと私とで争われることとなった。暑さが、どちらに味方するかは分からない。40代半ばと思われる山中さんはがっちりした体型から打つドライバーショットの飛距離は約280ヤードだ。私が約260ヤードだから、飛距離ではかなり負けている。しかし飛ばす人は少しの曲がりが大きなミスにつながる。いつもフェアウェイ真ん中にばかり打つことはできないだろうから、ドライバーの飛距離が20ヤード短くても勝負は分からない。

スタートホールに関係者が集まった。決勝戦は、選手はもちろんだが、関わる人全員に緊張感が漂う。私は、山中さんに挨拶した。

「おはようございます。よろしくお願いします」

「おはようございます。太田さんずいぶん腕を上げましたね。お互い頑張りましょう」

山中さんは、実力はクラブ随一だ。大学生のときから体育会のゴルフ部で、選手として活躍してきた方だ。普通のプレーをすれば私など足元にも及ばない。しかし、炎天下の36ホールの戦いは、技術だけでは決まらない。暑さに耐える体力、安定してショットを打ち続ける精神力、苦しいときも我慢して自分に流れが来るのを待つ忍耐力、あとツキもあると思う。私には挑戦者としての気楽さも味方すると思う。

試合は、9ホールまでは山中さんが3ホールを取り、私が1ホール取った。10ホールから18ホールまでは、互いに2ホールずつ取って19ホール目は、山中さんの2アップで迎えた。半分の18ホールを振り返ると、やはり山中さんの安定したショットが光っていた。私は、よく2ダウンで食らい付いたという感じがしていた。

そして25ホール目、私のドライバーで打ったショットが深いディボットに捕まってしまった。ピンまでの距離は152ヤード。きちんと当たればグリーンに乗らないまでも、パーを取るチャンスはある。私はフェードボールを打つ気持ちで打った。力むとフェースが左を向いてフックすることがあるからだ。しかし、注意したのに私のボールはグリーン左の深いバンカーに入ってしまった。打ったところがやや左足上りになっていて、ボールが左に行きやすいライだったのだ。山中さんも2オンはしなかったが、寄せやすい場所から打ててパーを取った。私はバンカーから出しはしたのだが、ピンまで2メートルの下りのパットを残してしまった。強めに真っ直ぐ打ったボールは入らず、3ダウンになってしまった。半分あきらめた私は、十分に水分を補給した。すると、27ホール目と28ホール目に、山中さんのミスが出た。27ホール目ではドライバーショットを大きく左に曲げ、28ホール目ではセカンドショットでグリーンをオーバーさせてしまったのだ。山中さんは2ホール続けてボギーとした。私は1ダウンまで追いついた。終盤にきて少し私に流れが来たようだ。とにかくミスをしないでパーを取るようプレーしようと考えた矢先、今度は私にミスが出た。残り120ヤードをピッチングウェッジで打ったところ、トップしてグリーンを大きくオーバーしてしまったのだ。私のピッチングウェッジの飛距離は115ヤードだ。届かないかもしれないと思って打ったショットは、トップしてしまった。しかもここのグリーンは奥からの傾斜がきつく、とてもパーなどとれない状況になってしまった。

それに対して山中さんはピン手前4メートルほどに着けてパーは間違いなさそうだ。

結局このホールを私が落として2ダウンとなってしまった。

追いつきそうで追いつけない、離されそうだが振り切られることもない。ずーっと私の2ダウンが続いた。その後のホールでは山中さんのドライバーショットは、乱れることはなかった。アイアンのショットも大きなミスはなく、35ホール一緒にプレーして自分のショットとの違いを見せつけられた。結果は2アンド1で私の負けだった。

35ホール目で負けが決まると、私は帽子を脱いで深く礼をした。山中さんから握手を求めてきた。私は、

「おめでとうございます」

と言って彼と握手した。厚みのある、いかにも屈強そうな手だった。

「太田さん、よい試合でしたね。私はずーっと追いつき追い越されるのではないかと不安でした」

山中さんは不安だったと言ってくれたが、私のほうは差を縮められるとは思えなかった。私は、相手のミスを待つことで勝とうとしてきた。しかし、今日、山中さんと試合をして、自分で何度かはバーディーを取ることで勝つというゴルフを目指さなくてはいけないと思った。つまり守って相手のミスを待つゴルフでは、勝てないということだ。それくらい山中さんのレベルは高かった。試合後知ったのだが、彼も試合前にはジムで走り込みとウエイトトレーニングをしていたそうだ。ゴルフの練習は言わずもがなだ。

私は、試合前に他の選手が自分のようなトレーニングや練習をしていることなど考えもしなかった。しかし、誰もが試合に勝つために自分を磨いていたのだ。改めて来年クラブチャ

ンピオンを取るために、もっと努力することが必要だと分かった。

クラブハウスに行って、まず風呂に入ることにした。山中さんの優勝セレモニーは簡単なもので、私は出席する必要はなかった。

ロッカーから荷物を出し携帯電話を見ると、桔梗からメールがあり、至急電話をしてほしいとのことだった。

桔梗に電話をかけた。

「はい。桔梗です。弘明さん、母が亡くなったの」

「そうなんだ。まだ元気にいてほしかったのになあ。ご愁傷様。桔梗は大丈夫か」

「ショックだけど、覚悟はしていたから。私が喪主を務めるのでしっかりしなくてはいけないのよ」

「今からそっちに行くよ。今試合が終わったところなんだ」

「そう。試合どうだったの」

「負けた。自分なんかまだまだだと知ったよ。とりあえず、必要なものがあったら教えてくれるか」

「今のところないわ。車で来るのでしょう。気を付けて来てね。試合で疲れているのだから」

「ゆっくり安全運転で行くよ」

シャワーだけ浴びて、車に乗った。途中のコンビニでコーヒーを買った。運転しながら桔梗と彼女の母のことを思い出した。娘のためなら法を犯すことも厭わない人だった。一族を守る義務をきちんと果たす人だったのだろう。桔梗も同じ血を受け継いで、高い能力を持ちながら制約の中で暮らしている。桔梗と生活を共にしていくには、自分も覚悟すべきことがある。桔梗の秘密を守ること、家庭を作り子を儲けること。

考えながら運転して眠くなった。私はサービスエリアに止まって車の外に出た。風はあったが、夏の夕方の暑さがまだ残っていた。トイレで顔を洗い、車に戻った。

高速道路から降りると車の数はめっきり減った。道路や周りの明かりも減り、静かな田舎の夜の道を走った。走りながら桔梗のことを考えた。これまでに二人で過ごしてきた時間や、桔梗の姿を思い浮かべた。

桔梗の実家に着いたのは、午後8時30分を少し過ぎた頃だった。家には、桔梗と一人の男性と二人の女性がいた。私は居間で全員に挨拶すると、隣の部屋に行って母の遺体に線香を供えた。桔梗が母親の顔を覆っていた白い布を取ってくれた。私は座布団から降り母の顔のほうに近づきもう一度手を合わせた。桔梗の母は、以前会ったときより10歳くらい歳を取ったように見えた。

桔梗は、私のほうを見て会釈した。私もゆっくりとうなずいた。

「疲れているのに来てくれてありがとう」

私は首を振って、そんなことはないと言いたかったが、声には出さなかった。桔梗はすっと立つと、

「夕ご飯まだでしょう。用意するからね」

桔梗が台所に行こうとすると、客たちが帰ることを桔梗に告げた。一日中手伝ってくれた近所の人たちは桔梗を励ますと帰っていった。

「男の人はね、幼馴染の慶《けい》君、女の人は慶君の奥さんとお隣の方よ。あなたが来てくれることを話したら、寂しいだろうから来るまでいてくれるって言ってね。遅くなるのにいてくれたの」

「ありがたいね」

夕食にはビールが付いてきた。試合でたくさん汗をかいただろうからと言って冷やしておいてくれたのだった。桔梗も一緒にビールを飲んだ。母親にもグラスに注いで供え、三人で乾杯した。今夜初めて桔梗が笑顔になった。

第27章　葬儀と結婚

それから3日後、桔梗の母の葬儀が行われた。近所の人たちが十人ほどいろいろな役割について協力した。葬儀にはその地方のしきたりがある。自分の実家の葬儀も同じだが、喪主は、故人の死を悼むというより参列者に挨拶し、手伝ってくれる近所の方々に気を配ることで式が進行していった。

最後に親戚や近所の人たちで食事をして終わりとなった。私は結婚してはいないが桔梗の身内という扱いで遺影を持ったり、桔梗と組んでお骨を拾ったりした。

今まで、一緒にいるときの桔梗は若々しく美しい女性だった。しかし、葬式のときの彼女は大人の落ち着いた魅力ある女性であった。喪主の挨拶も、式での振る舞いも、きちんとしていて上品だった。和服姿は、自分より何歳も年上の人のように見えた。そしてするべきことや下すべき判断を的確にこなしていた。

桔梗たち一族の死については、私自身理解していないことがあるように思う。60代で老けていくという寿命だが、私たちとは大いに違う。明治か大正時代なら、そのくらいで亡くなる人が多かったろう。現代にそんな短い寿命だと悲しい。しかし、その命の短さも、桔梗と生きていくのなら受け入れなければならない。

桔梗と会って特別な能力に驚き、桔梗の人格に魅了され、愛したところが彼女の寿命は60歳くらいまでだと知ると、いたたまれない。桔梗は私に、命は短いけれど、中身の濃い人生を送ろうということを言っていた。具体的にどんな人生かは私には解らない。かといって、今更桔梗と別れることなど、到底考えられない。桔梗の母の死や葬儀は、私が清水の舞台から飛び降りた後に経験していることだ。今更後戻りなどできない。私は桔梗の全てを受け入れ一緒になろうと決心していた。

年が明けて2月に私たちは結婚した。桔梗の親戚が少ないこともあり、私は父親に相談してごく近い親戚の人と親しい友人を招待しての披露宴とした。

披露宴には桔梗の父方の叔父とその子供、母方の親戚三人と、大学時代の仲間が四人、会社の同僚が五人来てくれた。仲間に囲まれている桔梗を見るのは初めてだった。いつも自分と二人でいることが多かったので、私は桔梗の友人たちと同席するのが初めてだったことに気付いた。皆若く賑やかな人たちだった。私の友人や仲のよい仕事仲間も来てくれた。小規模とはいえ、結婚式から披露宴まで思い出に残る一日となった。

葬儀のときの落ち着いた桔梗とは違って、今日はきれいで華やかだった。白無垢では清楚であるが強い意志を持つ女性に見えた。ウエディングドレスも白だった。桔梗の首筋やピンと張った背中を見ると、見た者が震えるくらい凛々しかった。見とれてしまうと、身動きが取れなくなってしまうような雰囲気が漂っていた。

結婚してひと月ほどして、私たちは桔梗の実家に行った。家は、桔梗の同級生が使っていた。売り払うことも考えたが、思い出を手放すようで辛いという桔梗の希望で知人に貸すことにした。

その家の様子を見た後、例の造り酒屋を訪ねた。挨拶に行くことを知らせてあったので、蔵元は私たちのために昼食を用意して待っていてくれた。

「深沢さん、いらっしゃい。おっと、太田さんでしたね」

桔梗は懐かしそうに微笑んで、

「おじさん、その節はいろいろとお世話になりました。母の家の片付けには度々来ていたのですが、こちらに挨拶に来るのが遅れて失礼しました」

「お母さんが亡くなって、私たち家族も蔵人たちも寂しくなったよ。お母さんは、よく訪ねてくれて蔵の会計のことや資産の運用のことで助言してくれたっけ。私とも一緒にうちの酒を飲みました」

酒蔵の屋敷は、ごくモダンな造りだ。蔵は、古い木造の建物で、長年酒造りをしてきたが、住居は数年前に建て替えた。蔵元の息子が近々蔵元を継ぐことになっているそうだ。その妻は桔梗の一歳年下の女性で、実家も桔梗の家から近いということだ。

家に案内されると、その女性がお茶とお菓子を持ってきた。桔梗は彼女に
「香ちゃん、しばらく。元気そうだね」

「うん。桔梗ちゃんも結婚おめでとう。旦那さん初めまして。カオリです」

蔵元が
「桔梗ちゃんも、結婚して家庭を持ったんだね。ついこの間、お母さんのひろみさんと蔵に遊びに来て野蒜《のびる》を摘んでいたっけなあ。駆け足は速いし、勉強はできるし、男の子の憧れだったよなあ」

桔梗は、

「おじさんやめてくださいよ。夫に昔のことばらさないでください」

「でもなあ、昔は昔さ。いろいろやりたいことを夢見て挑戦するんだ。けど、成人して、結婚して、家庭を持ったら、自分の夢と自分の役割と両方追いかけることがしにくくなるのさ。俺たち蔵人はいい酒造って、金賞取って売ることが夢なんだ。だけど、いい酒造るにはしっかり精米して、削るほどうまい酒になるんで、歩留まりが悪くてなあ。まあ、儲けなんかないのさ。金賞取るために、純米酒や本醸造をたくさん売らないといけないんだ。うちらのような酒蔵は、とにかくまじめな酒造りを続けるのさ。それが、私の役割だ。ところで太田さん、酒は好きかい」

「好きです。特に日本酒が好きです」

「それで、桔梗ちゃんとうまくいったんだな。桔梗ちゃんなんか20歳の頃ひろみちゃんと家に遊びに来て試飲していたもんな。飲んだ感想が洒落てな、私が感じてはいてもどうしても言い表せなかった酒の味を、ピタッと表現していたよな。桔梗ちゃんの言った言葉、そのまま、新酒の宣伝で使わせてもらったっけ」

桔梗は笑いながら、

「私に飲んでみろって新酒を勧めましたよね。あの美味しさで私お酒が好きになってしまったんだから。おじさんが私に酒のうまさを教えたのですよ」

蔵元は私に聞いた。

「太田さんの夢って何だい」

「あることはあるのですが。私は夢が小さいって言われたことがあるんですよ。小学校のときに、卒業文集に『わたしの夢』って文を書いたんです。平凡だけど、自分の家を持って車を運転したい。70歳くらいになったら小説を書きたいって。そしたら担任の先生が、小説家になりたいならもっと若いときになってノーベル賞を取るような作家になるくらい大きな夢を持てと言うのです。あんまり現実的じゃないと自分では思ったのですが、担任の先生は、今の子供たちは夢がないって、ぼそっと言ったんですよ」

楽しい話をしながら、昼食をごちそうになった。帰りには自慢の酒を2本も持たせてくれた。

帰りの車で、

「桔梗、俺さ蔵元の言った夢なんて持っていなかったような気がする」

「そうなの。それって、口惜しいことなの」

「卒業文集の『夢』は書かなきゃいけないので書いただけなんだ。やっぱり青春時代に大きな夢ってあるほうがいいだろう」

帰りの高速道路は、珍しく空いていた。私はいつもよりのんびり90キロくらいで車を走らせていた。桔梗は、

「私ね、陸上競技の100メートルで、日本一になるのが夢だったの。練習もしたわ。でもね、母に一番にはならないほうがいいと止められたの」

「なぜだい」

「目立ちすぎはだめだっていうことよ。一族の秘密を知られないようにすることが大切なの。私、母に聞いたの。一番になって目立ったとして、どんなデメリットがあるのかってね。とにかく目立てば、人との付き合いが多くなる。生い立ちや身の回りを調べられることもあるだろう。私たちの能力を悟られることがあるかもしれない。日本選手権で1位にはなれるかもしれない。でも、100メートルで一番になれるその力があることは、自分が知っていればいいことなのだと言うの」

「持っている能力は人に知ってほしいよなあ。それを隠して生きていくってことか」

「そのときは納得していなかったんだ。それで、大学のときがむしゃらに陸上競技に打ち込んだの。実力的にはインカレでトップになるタイムは出せたわ。昔の話だけどね。でも、今

は人に認められない生き方でもいいと思っている。それは、私を理解してくれているあなたがいるからよ。私のことを深く知ってくれて、大切にしてくれる人がいれば、自分の力を他人に褒めてもらえなくてもいいもの」

「じゃあ、質問だけど、俺がクラチャンになるという夢を達成してほしいと思わないか」

「クラチャンにはなってほしいよ。それに向かって努力するって素敵だと思うわ。チャンピオンになるまで頑張ってほしいわ」

「でも、桔梗のことといつも考えて家庭を大切にすることのほうがいいよね」

桔梗は、

「そんな弱気なことを言わず、がっちりチャンピオンを取りに行きなさいよ。そうすることで、あなたはますます磨かれるのだから。それに、よい家庭を作ることと、クラチャンになることは両立できることでしょう」


「人不知而不慍　不亦君子乎（人知らずして慍《いきどう》らず　また君子ならずや）」

私が高校で教えた論語の一節だ。

この言葉の本義は自己の収めた学問を人が認めまいが、それは人の判断であって、自分の関《あずか》ることではない。認められないことで、立腹してはいけないということだ。また、自身の人間性を磨き正しく生きることが肝要ということだ。

でも、弱い私は、自分のよき理解者である桔梗が認めてくれることで、努力を続けられる。また、毎日が楽しい。ゴルフにおいても、認められたい。桔梗という人間にも自分の存在が役立っていることをうれしく思っている。ひたすら人としての道を追求するより、桔梗をはじめ、周りの人たちと関わって生きていきたい。

桔梗は後ろから私の肩をポンとたたいて耳元で言った。

「ヒロアキ、いつもそばにいてくれてありがとう。私のことを理解してくれて、私のことを一番に考えてくれる。私はあなたみたいな人をずっと捜していたんだよ」

考えてみれば桔梗と結婚したことで大人になってから持った一番の夢は叶えられたわけだ。ふと、あの5月の土曜日の清々しい桔梗の姿が浮かんだ。その人が、今はいつでもそばにいる。

桔梗の言葉を聞いて、なぜだか、私は一筋涙を流してしまった。

【著者プロフィール】
佳 英児（けい えいじ）
茨城県水戸市出身。茨城大学人文学部経済学科卒業。大学卒業後、会社員・水泳インストラクター・テニスインストラクターを経て、29 歳で公立学校の教員となる。
趣味は硬式テニス、ゴルフ。渋沢栄一著「論語講義」を愛読。山本周五郎を尊敬する。好きな言葉「至誠一貫」

雪女《ゆきおんな》

2024 年 1 月 29 日　第 1 刷発行

著　者　　佳 英児
発行人　　久保田貴幸

発行元　　株式会社 幻冬舎メディアコンサルティング
〒151-0051　東京都渋谷区千駄ヶ谷4-9-7
電話　03-5411-6440（編集）

発売元　　株式会社 幻冬舎
〒151-0051　東京都渋谷区千駄ヶ谷4-9-7
電話　03-5411-6222（営業）

印刷・製本　中央精版印刷株式会社
装　丁　　弓田和則

検印廃止

ISBN 978-4-344-94975-1 C0093
幻冬舎メディアコンサルティングＨＰ
https://www.gentosha-mc.com/